U0695140

张生红／著

今夜只为等你

团结出版社
UNITY PRESS

图书在版编目（CIP）数据

今夜只为等你 / 张生红著. -- 北京：团结出版社，
2024. 3

ISBN 978-7-5234-0826-1

Ⅰ . ①今… Ⅱ . ①张… Ⅲ . ①诗集-中国-当代②散
文集-中国-当代 Ⅳ . ①I217. 2

中国国家版本馆 CIP 数据核字（2024）第 039224 号

出　　版：团结出版社
　　　　　（北京市东城区东皇城根南街 84 号　邮编：100006）
电　　话：（010）65228880　65244790（出版社）
网　　址：http://www.tjpress.com
E - mail：zb65244790@ vip.163.com
出版策划：力扬文化
经　　销：全国新华书店
印　　装：四川科德彩色数码科技有限公司

开　　本：145mm×210mm　32 开
印　　张：7.5
字　　数：138 千字
版　　次：2024 年 3 月　第 1 版
印　　次：2024 年 3 月　第 1 次印刷

书　　号：ISBN 978-7-5234-0826-1
定　　价：66.00 元
　　　　　（版权所属，盗版必究）

今夜只为等你

序

才女张生红

陈耀宗

才女张生红是个传奇式的人物，我一直想为她写点什么，却总是无从下笔。

30多年前，这位怀揣266元，走出大山，走进大都市，独闯世界的客家妹子，一路历经风霜雨雪，一路饱餐磨难，砥砺拼搏，后来成长为一位耀眼的旅港女企业家和功成名就的七零后新锐作家。好几年前，当我读到她的成名作、四千多字有血有肉、饱蘸汗水和眼泪的自传体散文《鹏城起舞》时，当我和她面对面零距离接触时，第一次听她讲述她那些不为人所知的故事，讲述她酸甜苦辣咸的心路历程时，我被深深感动了，我的心为之震撼，久久难以平静。

文学向来是神圣的。古往今来，文人墨客们就这个话题不知写过多少文章和著作，可谓汗牛充栋。最出名的是三国时期的文学家曹丕说的那句名言——文章乃"经国之伟业，不朽之盛事"。

有学者认为，他过于强调和夸大文学的功效和作用。早些年前，有人声称"文学被边缘化"了。窃以为，不管文学的功效和作用如何，不管文学如何"被边缘化"，但有一点是毋庸置疑的，那就是文学的价值和力量确实是无穷的。用已故著名作家陈忠实的名言来说，今天我们感受到"文学依然神圣"的精神。张生红从小就喜欢文学。文学对她来说，是生活中不可或缺的精神食粮，是无话不谈、无话不说的知心朋友。正如著名作家铁凝所说，"文学是灯"，它"照亮心灵""照亮人性之美"。这盏灯温暖着张生红的人生，照耀着她一路前行。坚持读书和写作，已成为张生红的生活方式。这些年来，她一直保持着旺盛的创作激情。每每夜深人静之时，她乐此不疲坐在书斋里敲打键盘，忘我耕耘在文学的王国里。我虽不才，孤陋寡闻、才疏学浅，毫无建树。难能可贵的是，多年来，她一直珍视我为兄长。她几乎每有感悟，每写一篇东西，都会发给我。我远在数百公里以外的粤东北平远。每次打开手机，看到微信里她发来的作品，里面显示的时间几乎都是深夜十一二点钟，更多的是下半夜的时间。她精力充沛，写东西出手非常快。记得 2020 年年初，她在香港时，三个月的时间，就创作了数十篇（首）散文、诗歌。2021 年，张生红的第一本散文、诗歌作品集《大漠微尘》，由团结出版社出版。仅仅过了两年时间，她又拿出这部取名为《今夜只为等你》的书稿，再由团结出版社出版。从这个意义上来说，足见张生红在文学创作上勤奋、用功、用力的程度。

文学是孤独和寂寞的事业，也是"愚人"的事业。如果耐不住孤独、耐不住寂寞、耐不住冷板凳，是很难有作为的。无疑，《大漠微尘》《今夜只为等你》是张生红坐冷板凳和挥洒汗水的结晶，值得称道。《今夜只为等你》是她的第二本著作。书中收入的散文、诗歌79篇（首），如同一串串珍珠耀眼夺目。比起第一本书《大漠微尘》，张生红这本《今夜只为等你》有了新的变化和质的飞跃，比如说艺术手法呈多样化，比如说主题挖掘上更深，立意上更新，构思、谋篇布局上更严谨，文字、意境更有张力等等。

在文学艺术上，张生红练就了多副笔墨。她爱好广泛，是难得的多面手，是个多栖文艺家。写作和琴棋书画她样样来样样拿手，还烧得一手好饭好菜。在她的这本书里，你可以真实地倾听到她书写新时代，讴歌新时代，感恩新时代；感恩生活，感恩脚下厚土的心声。张生红是地地道道的客家人。她热爱故土，每次回到家乡平远，都要吃家乡菜，吃饭甑饭、钵子饭，她说家乡的饭菜特别醇、特别香，连做梦都想吃。因而，在她的笔下，她饱蘸激情、妙笔生花，多形式、多角度讴歌生她养她的土地，讴歌家乡的父老乡亲，讴歌家乡富饶的物产和秀美的山水。品读她的《一抹乡愁》《父亲》《外婆》《迷人的"鬼捡火"》《天陆古》等篇章，我能窥见到她对故土对亲人的款款深情或眷恋之情。在她的笔下，美无处不在。她走笔河山，寄情山水，既有倾情于对新时代祖国秀丽山川的真实、传神描述，也有对人在他乡或异国风情的发自肺腑感受。《待到春花烂漫时》《冬至阳生春又来》《天空之镜》《居延海日出》等篇章，无不给人以美的享受。读张生红的作品，总是让人感受到满满的正能量以及积极向上向善、震撼心灵的力量。文学是人学。张生红善于观察生活，目光犀利。在本书中，张生红以女性敏锐和细腻的目光和独特的视角，洞察、反映社会或人生的方方面面，尤其是在揭示人性的多面性和复杂性方面，在她的不少作品中，表现得入木三分甚至淋漓尽致。《今夜只为等你》等，不由让我眼前一亮：标题新颖，文字灵动，寓意丰富，思想深邃，给人以全新的阅读快感。

《今夜只为等你》一书颇值得圈点，让我爱不释手。书中的诗文，或题材各具特色，不拘形式；或章法含蓄委婉，或风格妙趣横生，或文字新奇，不落俗套等等。不少篇章，或让人感到美不胜收，或让人反复咀嚼、沉思，或让人在心灵上受到极大的洗礼。当然，本书并非字字珠玑，篇篇精彩，也还存在着不足，比如说有些篇章偏重思想性，却忽视了文学性；有些篇章的主题还可以挖掘得更深些，包括挖掘人物的精神世界等等。

据张生红透露，下一步，她打算公开出版她的第一本画册。在此，我期待着张生红在来年再来年的春天里不断耕耘、劳作，在金秋时节里去收获累累硕果！

目录
CONTENTS

第一辑　情暖人间

第二辑　遇见美好

－ 第一辑 －

情暖人间

散文

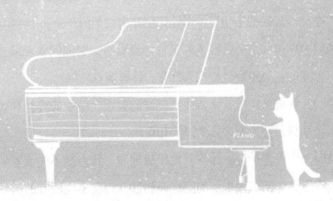

今夜只为 等你

请时光你慢些走吧

沐浴着冬日的一抹暖阳，愉悦着当下，沉淀着岁月，你在陪我慢慢变老，我在陪你慢慢长大，孩儿享受着写生，为娘即兴来首散文诗。共同感受着美好，岁月静好如诗亦如画。

请时光你慢些走吧，如果可以慢些，请你再慢些，慢慢地，我愿意牵着孩儿的手走到地老天荒，海枯石烂。

请时光你慢些走吧，时光不会说话，记忆却能开花，请让记忆定格在此刻最好的年华里，请让记忆开出最美的花朵。

请时光你慢些走吧，好多风景我还没看够。别催促我无情地老去，世间的色彩斑斓让娃多画几张，让娘多看几眼。

请时光你慢些走吧，请留住我傻傻的笑声，傻傻的容颜和傻傻的心。期待着傻人有傻福的降临和恩赐。

请时光你慢慢地走，请岁月你缓缓地流。我为抓不住流逝的年华而叹息，为留不住青涩的回忆而伤悲，为留不住所有的美丽而遗憾。

无论时光隧道如何穿梭，我永远是孩儿坚强后盾，永远把最好给了我娃，给了我的亲人，竭尽所有，在所不惜。只希望时光慢些走，让彼此爱的人有时间感恩与馈赠，留下一段段美好的回忆。

时光是否已听到我深情的告白？我既然留不住时光，且让我享受这岁月正好吧。

还是希望时光你慢些走吧！慢慢地，慢慢地……

（2021 年 1 月 26 日《梅州日报》刊登）

又到桂花飘香时

　　大雪节气至，南国又到桂花飘香时，不见挂一抹秋染的红叶，舞动的仍是痴狂的绿叶，满树芳香而灵动的小花，那是对秋深深的眷恋，对冬的热情表白。没有那大红大紫的壮观，却细致地独自芬芳，我将情怀写给默默的桂树，风起云涌时，我扬起思绪的帆船，飘过天涯海角。念遍万水千山，千言万语，不如采把桂花入壶，让花香入了心，醉了情！

　　独享着满树芬芳，眼前。金黄的花儿朵朵像一首首精美的小诗。远方飘来一曲《可可托海的牧羊人》，王琪的天籁之音，正诉说着凄美的爱情故事。又触碰着思念的心弦，世间唯情最动人，不知是否已感天动地，却已令我泪流满面……

　　在夜长梦多的冬季，我写下伤心的诗篇，多少柔情多少泪，多少痴念唱离殇，滚烫的诗温热了岁月的酒，夜空明月寒影，幽静醉美！

把美梦串成珍珠，制作一幅卷帘，挂满记忆的碎片。

大雪飘扑人面，北国已雪纷飞，南方冬无恙，心若伤透冷若冰。梦觉尚心寒。万物容易放下，唯情最难释怀。真爱何处觅？真心哪里寻？

又到桂花飘香时，念一树芬芳，爱在满枝头。醉了整个冬。

（2021 年 1 月 26 日《梅州日报》刊登）

春雨

爆竹声声送走了浓浓的年味，年就这样过去了，我却沉浸在节日的气氛中不想醒来。

初春，薄念。花开解千愁。微风，细雨。冬去春来又一年。窗外春雨沥沥，飘飘洒洒，贵如油的春雨呵，正恩泽大地。博爱的大地母亲，正孕育着万千生命。

故人何处去，岁月不堪数。风不语，花却懂。春风春雨。花开花谢。天空的眼泪本该是一场场凄风中的苦雨，春天的雨却显得弥足珍贵。请春雨浇醒沉重的我，赐我再生的勇气吧！

迷迷茫茫，时光荏苒。后花园的小船儿，正静静地躺在河边沐浴着春雨。敢问摆渡人在何方？艰难险阻，万般皆苦，唯有自渡。择一周末，待我扬起坚强的风帆，勇敢做一回自己的摆渡人。

雨是多情的东西，总能勾起千般感慨，万般思绪。雨永远试图能洗涤万物的躯壳及灵魂。雨属于任何人，当然，今夜也属于我。正滴滴答答，不紧不慢地敲打我的窗户，抚慰我的心扉，催促着我快快入眠。

"好雨知时节，当春乃发生。"久旱逢甘露，第一场春雨，铁定是场好雨。去年冬季，听老母亲唠叨了好几回："整个大晴冬，我种下的果蔬都要干旱死了。"这不，老天爷终于给她送来了及时雨。母亲也该为这场雨高兴一番，此刻或许正在故乡的夜雨声中美美地入梦。母亲啊！您就等待收获遍野的烂漫和丰收的喜悦吧。

美学之我见，春天之美，在于姹紫嫣红。生活之美，在于色彩缤纷。生命之美，在于美好中充满着希望。春天和春雨，也能带给我无限憧憬和希望。盼这场春雨让我家花园五颜六色的凤仙能继续满地撒欢，绽放出春天的万种风情。待我把眼泪埋在这春天里，悲伤葬在这花海中。让我在春天洒下希望的种子，收获一片美好之花吧！

（2021 年 3 月 16 日《梅州日报》刊登）

一抹乡愁

故乡就是我心中的常青藤，在记忆中永不枯萎。乡愁就是我的储存罐，存放喜怒哀乐和陈年往事。一抹抹乡愁油然而生，皆因背井离乡。每每仆仆风尘回乡去，皆因对亲人的牵挂及热土的眷恋。

作家宗哥曾勉励我说："人生就是弯路。"我认同这哲理。时光荏苒，走过岁月山河。谁不曾经历风风雨雨？家乡的长辈亲人们是我心头最大的牵挂，正面对的生老病死和人到中年的种种无奈，就是人生中弯弯曲曲的必经之路。

我坚信泰戈尔所说："你今天受的苦，吃的亏，担的责，忍的痛，到最后都会变成光，照亮你的路。"所以，必须继续前行。没有退路。既然躲不过，何不眼角带笑？勿让阴云上眉梢。奔跑吧，兄弟！我已波澜不惊，从容面对。

远离喧嚣，回归故土时，亲人及发小们总是能让我收获久别重逢的那份感动，感受到满满的人间温暖。愿时光不老，你我无恙，便是彼此心间默默的祝福。对我好的人，就是我生活中的日月星辰。故乡的日月星辰，就是我的诗和远方。君不见，山沟沟的家乡夜晚依旧是繁星点点，涛声依旧。

若问我的故乡最多是什么，那就是山多。我的家，四周都被山包围着，儿时的我，总是喜欢坐在大门槛的麻条石上，托腮看那日出东方和日落西山。清晨，眼看着火红的旭日从山顶缓缓地冒出来。傍晚，目送落日一点一点被山丘所吞噬。故乡的山岗上，有我和小伙伴们欢乐的足迹，映山红和山捻子是我们童年最美味的食物，于是，我把一份乡愁牢牢地定格在山间。

乡愁在故乡日落的袅袅炊烟里，飘着人间烟火的滋味，飘着乡村世世代代生生不息的希望。于是，我把乡愁分作若干份，安放在故乡的小溪河流、田间地头、乡间小路上、老屋新宅里、亲人朋友间……岁月如梭，乡愁如故。一抹抹乡愁一直在我梦里萦绕，更在远行游子我的心里温存。

（2021 年 6 月 6 日《梅州日报》刊登）

荷塘

　　不知从何时起，我家后花园的小河已俨然成了荷塘。也不知是谁家投放了藕，成就了今天的荷塘。慢慢地，荷花已从河对岸长到了我家码头的小船边。因为有了荷，给小河增色不少，多了几许浪漫及灵动。因而每天回到家，我更喜欢到后花园逗留观鱼赏荷。万物惊秋，时光如流。眨眼就过了立秋，再不提笔写写这荷塘，我在脑子都快生锈了，花儿也要谢了。

　　鱼，看见了吗？好多罗非鱼，鲫鱼和鲩鱼，正在莲叶下、空隙间摇头摆尾，欢快地游来游去，成群结队，大大小小，旁若无人地来回晃悠。有向我宣战的意思："来呀，有本事下来抓我呀！"哼！我才不上当，待我猴年马月学会了游泳再收拾你们也不迟。等我学会游泳时就敢自个儿划船了，想想有朝一日能近距离吓唬吓唬鱼儿们，我很是开心！逗你们玩时，可别吓得水中到处窜，乱了方寸。我不喜欢吃鱼，也不会钓鱼儿，倒是喜欢有空逗逗鱼儿玩。

看，几只红蜻蜓正穿梭在荷叶间，时而点水，时而飞舞，时而落在荷叶上，时而流连徘徊在莲花上，得意地翘起红尾巴，仿佛在宣誓，这片荷塘已经是我的天下。殊不知，此刻，我已把你们通通看在眼里，记在心上。灵动的蜻蜓和鱼儿、低调的清清新荷，不正是一幅天然的油画吗？当然，几朵莲花才是画中亮眼的主角。

听，滴滴答答，夏天的雨，说下就下。雨打荷叶闲听雨的我，道是有愁又无愁——忧愁无觅处嘛！明明是老天在荷塘奏响了夏天欢快的音符。待雨过天晴，我最喜欢看那荷叶上晶莹剔透银光闪闪的水珍珠在阳光下来回滚动。

夏夜，出去散步，我总要从桥上看看我家后花园小河里的荷。再抬头看看天空的月亮，试图努力地感受朱自清先生笔下《荷塘月色》里的所有美好和曼妙。可惜，我常常只看到朦朦胧胧的荷叶，荷花在月下已黯然失色，模糊不清了。唉！月朦胧，花朦胧，似花非花，也算是朦胧美吧。我多想采几朵莲花回家慢慢独自欣赏，或摘些莲子回家品尝，冲动了无数次，却从未付之于行动，不忍下手啊。想想：还是独乐乐不如众乐乐。让有缘人经过时都能赏荷带来好心情吧。何况，我的感受是：把美好看在眼里是最好！

从春末的"小荷才露尖尖角，早有蜻蜓立上头"，到夏日的"接天莲叶无穷碧，映日荷花别样红"，从"萧瑟秋风百花亡，枯枝落叶随波荡",到冬天"踏破铁岭无觅处,寻遍荷塘空水遗"。年复一年,小河孕育着希望和生机,我见证着美好的轮回。

远方不远,诗意就在荷塘,愿那年年荷花水中俏,我能岸边开心笑。

(2021年8月26日《梅州日报》刊登)

夏日散记

诗意多彩的春天已随落花流水漂向远方，又遇见了热情似火的夏天。初夏，我又回到了故乡，晚饭后有幸约与宗哥及同学张书记三人行，漫步在平城花园，张书记向宗哥提起 30 多年前同学们就称我为"诗人"，宗哥马上来一句："悲愤出诗人。"我笑曰："非也！喜怒哀乐出诗人，也能激发出文人，诗人或文人往往都是多愁善感的产物。"宗哥和张书记都是我人生中处处帮助我的贵人，更像我的兄长——或许，他俩前世都是我的兄弟。此份恩德，我铭记于心。

不可否认，多愁善感的我，四季的逝去或到来，均容易勾起我一抹沉重的乡愁。自从过了不惑之年，我还特别容易犯困，并有些力不从心的感觉。也常常感觉自己已在春困夏倦秋乏冬眠中周旋，四季如梦般地活着。人生如梦或许就是这把年纪后才能感悟到。

又到了荷花飘香时节，荷塘月色之下，夜朦胧，我从容。独自漫步在家乡老宅附近的乡间小路上，我扬起思绪的翅膀：如有来生，若不能成莲，那就继续做一粒微尘吧。时而在土地安详，时而在风中飞扬，时而树下纳凉，时而海滩沐阳。时而飘回家乡看看，不骄不躁，沉默不语，不再彷徨中向往，无需依靠，可好？

夏日之昼，蝉鸣声声，处处闻啼鸟。夏日之夜，蛙声阵阵，半夜鸡叫，柴门闻犬吠。便是家乡的田园交响曲，永不磨灭的记忆。每年夏天，必然回乡赶赴一场听觉盛宴，感受这熟悉的乡音。

此行回乡，随两位老铁去了趟平远县东石镇锅乪村上锅乪，寻找久负盛名的深山上等手工锅乪茶。彪悍的老铁同学快速地驾车盘旋在陡峭难行的深山老林。崎岖山路 N 多弯，几乎把我和芳姑娘肚里的肠子都绕到打结，晕头转向的我们强忍呕吐，我俩一路直呼受不了了，人一度绕晕在山道上，已是进退两难。乐天派老顽童司机不改当年"英雄本色"，继续"恶作剧"般地开得更欢颠得更猛了，还不忘一直笑话并催促我俩要赶紧呕吐起来就舒服了。如果不是考虑到行车人身安全，我和芳姑娘真想当场掐死他。总算到达目的地，终于找到今年新出明前茶（上锅乪冰茶）。山里农户老伯热情招呼我们入座，沏一壶新茶，山泉水泡之，茶香袅袅，一口下去，温润回甘，沁人心脾，顿时抛开了尘世间一切纷扰。感觉元神归位，好茶终于让我和芳姑娘定下神来。我不知家乡竟然有此山高路远的大深山，在家乡更没喝过有比这更清香诱人的好茶了，不枉此行矣！

此刻，夜深人静。已回归异乡城市角落的我，铺一纸素笺透过一笔凝香传递着我的思念，让家乡的记忆在笔尖封存。

（2021 年 9 月《侨星》杂志刊登）

迷人的"鬼捡火"

　　光听"鬼捡火"这名字，就够瘆人的。这是我家乡叫法，相信家乡的小伙伴们再熟悉不过了。我小时候几乎到了闻名色变的地步。长大以后，我才知道它通俗书面语叫"彼岸花"。这名字倒是文雅中有诗意且饱含着浪漫。同是一种花，名字的差别咋就那么大哩？

　　"鬼捡火"在我们家乡都是纯野生的，估计没人敢种。初见"鬼捡火"是在儿时六七岁的时候，盛夏鬼节前后，在老祖屋（上老屋）后面，有些阴森的山脚下。我们捉迷藏躲在屋后，看见一小片野生的、只见花不见叶、妖艳血红的大花朵，我们想采来玩，大人们严肃的告诫我们："千万不能采！这是阴间鬼持的火把。""鬼捡火"我们客家方言翻译出来就是"鬼手上持着的火把"。恍惚中，感觉每朵"鬼捡火"旁边都站着一位我们肉眼看不见的幽魂野鬼，吓得我们再也不敢在老祖屋后面躲猫猫。

后来，我在读小学的半路上，在布心坪村路边的几座坟前，每年鬼节前后都能见到绽放的"鬼捡火"，有些还长在坟头上，显得格外诡异。每见我心里更瘆得慌，都躲得远远的加快脚步绕着走，生怕忽然看到从坟里冒出一只鬼手持"鬼捡火"走出来。

几十年后，我还知道它有好些名字：天涯花，舍子花，引魂花，曼珠沙华。相传此花只绽放于黄泉，盛开于地狱，是通往黄泉路上唯一的风景及色彩。我至今仍怀疑，那情那景，我当年是否已误入黄泉路上走过？算不算已重回人间？我如今又算哪路神仙？

从小我就胆子小，特别害怕那传说中虚无缥缈所谓的"鬼"。小时候，山里卫生条件不是一般的差，老家的老房子里面都是没有厕所的，几乎一个村子只有几间臭气熏天，没有冲水功能，大家共用，令人作呕的小茅厕（简易厕所）。因为奇臭无比，所以都建得离大家住所比较远，小茅厕用泥土砖砌的墙，上面架着树干再铺上干稻草或干茅草作屋顶。遇到晚上想出去上厕所那是最要命的事。我必须把奶奶及八姑都叫醒，由她俩一前一后护送我出去上厕所。尤其是冬天寒冷的晚上，到处漆黑一片，屋后山上的树林及竹林被风吹得沙沙作响，显得格外吓人，奶奶打着小手电筒走在前面，八姑跟在我身后，我只顾胆战心惊地低头走路，不敢抬头看奶奶或转过头去看八姑，微弱的手电光在寒冷漆黑的夜晚显得格外阴森，常常让我联想到"鬼捡火"那花这词。恍惚间，奶奶手持电筒就像手持"鬼捡火"的老鬼，八姑就像跟在我身后的小鬼，我生怕自己会忽然看到奶奶及八姑在黑夜中化作面目狰狞的"鬼"样子，担心自己多看周围一眼都会看到"鬼"而被吓得魂飞魄散。沙沙的风吹响声像无数幽灵野鬼在黑夜中的赶路声。走夜路时，总感觉有无形的人或"鬼"在后面跟着。反正，漆黑的冬夜，跨出家门去，安全感瞬间全无，没屎尿也能吓出屎尿来。总之，小时候晚上在乡下上茅厕是我认为这辈子最痛苦及恐怖的事情。也不知怎么搞的，越是害怕晚上出去上茅厕，越是不受控，一到晚上就感觉急屎尿。后来，会讲客家话和广东话的奶奶告诉我一个"绝招"，上完茅厕一定要叮嘱一番，请屁股哥多多关照，不要晚上再出来捣乱。于是，一定要边拍屁股边念叨三遍以上才能离开茅厕："屎忽（客家话屁股的意思）哥！屎忽哥！有屎有尿日成头欧（白天拉的意思）！千奇吾好暗布欧（千万不要夜晚拉的意思）。"当年无数次地念念有词，每次狠狠地把屁股哥都拍痛了，似乎也没见奏效过。几十年过去了，感觉至今仍未能从儿时上茅厕的阴影中走出来。会讲客家话和广东话的朋友们不妨一边拍拍屁股一边反复念叨试试！包你开心顺口溜！

改革开放以后，大家生活越来越好，家家户户纷纷建了新房，新房里面都有了独立卫生间，晚上再也不用出去上茅厕了。山村里的老茅房早已荡然无存。奶奶也早已去拜见马克思了。我也有三四十年没看到过"鬼捡火"了，不知老屋背后及小学路上的"鬼捡火"是否还在，我也没敢特意去看它们。

后来，我成了怕黑的女人，家里总是灯火依然，这也成了我特别喜欢待在香港，喜欢置身于耀眼的东方明珠不夜城的理由之一。灯火璀璨人气旺旺之处，感觉牛鬼蛇神，妖魔鬼怪也该无处藏身吧。我自然也就不怕"活见鬼"了。

无巧不成书，刚写完初稿"鬼捡火"，近日，我随老铁去了趟深山老林采苦斋菜。眼看太阳快要落山了，我正问老铁此处是否会有野兽出没，眼前一亮，冒出几堆绽放的"鬼捡火"来。我壮着胆子让老铁陪我靠近"鬼捡火"，蹲下身来仔细端详了一番，"鬼捡火"美得诡异却又超凡脱俗，片片艳丽血红的花瓣像那飘逸的长裙摆，正在残阳下仰天舒展，叶儿却了无痕迹，避而不见。我寻思：血脉相连的花叶却宁愿承受着相思之苦，也永不相见，难道有血海深仇？深红如血的花开难道就是怒放的表白？可远观而不可亵玩焉。我可没有勇气触摸"鬼捡火"。忽然，飞来一只五彩大蝴蝶，旁若无人地在我眼皮底下最妖艳的一朵"鬼捡火"上缠缠绵绵，翩翩起舞，任由又惊又喜的我一顿狂拍和录像。我零距离拍了个够，它才恋恋不舍飞舞道别。我怀疑此蝴蝶是梁山伯或祝英台的化身。为何出现得有几分蹊跷？这回，因为有出了名的天不怕地不怕的老铁在身边壮胆，我出奇地没那么害怕"鬼捡火"了。当下，不正是"阡陌彼岸花彷尽，绘影嫣然残阳醺。千秋清涵蝶恋舞，久忻郁别泪无痕"的诗境吗？

（2021年12月6日《梅州日报》刊登）

（2021年12月平远县党委刊物刊登）

冬至阳生春又来

又到冬至。

过去六年，冬至这天我都在东方之珠度过的。在香港，有冬至大如年之说，香港人的冬至晚餐不亚于除夕。家家都在忙着"做冬"及饭后"团圆"，都聚在一起吃盆菜或汤圆饺子各类美食。这天菜市场也必定人头攒动。普罗大众争相抢购各种新鲜食材。这天的价格也会略有上涨，酒楼食市也会全线爆满，出现一席难求并排队等翻台吃饭的局面。

今年的冬至，天公不作美，连续下了两天久违的冬雨。加上近日降温，显得格外阴冷潮湿，天寒地冻，身处中山的我，给自己放了一天假。起个大早先送孩子去上学，然后到市场买了些食材，回家包饺子和焖羊肉。还顺便买了一些鲜花，给节日增添几分色彩和喜庆。决意让自己过个轻松自在的节日。手里包着饺子，听着古典音乐，闻着百合花香，倒也悠哉乐哉。记忆的小船又驶向了儿时。

小时候，要在我们家乡，遇到这样的天气，大人小孩会聚在家里，围在火炉旁，蒸一锅热气腾腾的红薯。甜滋滋的，吃得不亦乐乎。后来，不知从哪年起，乡亲的习惯在不知不觉中改了，大家形成了冬至吃羊肉的习惯。羊肉的做法也是八仙过海，各显神通。最会享受的要数我家小婶子。自我记事起。她就嫁进了小叔的家门。小叔是我们家族继我爷爷之后，当年唯一吃公粮的单位干部。所以，只有他家生活一直过得最滋润。

　　那时候，每年冬至，小叔都会买回整头羊。那个年头，在乡亲们间，每年冬至能吃上全羊的家庭，我是找不出第二家来。每年这一天，小婶子可不敢怠慢，负责绞尽脑汁，费尽心思地整美食：羊肉焖客家娘酒，羊肉焖酒糟，羊肉煲滋补中药材，腐竹马蹄羊肉煲，孜然炒羊肉，焖炒煮烤炙……可谓奇招百出，变着法子制成各种口味的食法。最后，她终于总结出一套最美味的做法来，独创张氏娘酒火炙羊肉。

　　后来，每逢冬至这天，只见小婶子起个大早，系上花围裙，扎起两条长长的马尾辫，收拾得干脆利索、体体面面。然后，捧出黄酒坛子，在自家门前空地上，收割完后的干稻田边一放，坛子里面存放着一些已炙好的娘酒，把准备好的羊肉和各类滋补中药材放进去，把坛子盖好，坛子四周铺上一层厚厚的木屑。用铁芒箕引火，慢慢地让木屑燃烧着，六婶子手持一把拐杖似的木棍。守在一旁认真地控制着火势，火候是必须把控好的，火太大太小都不行，可来不得半点马虎，坛子装着的已不光是羊肉，可是不少工夫和银两而成，更是全家冬天进补的希望。坛子里的全羊啊，估计还装着一份小叔及小婶的荣耀和面子。一会儿，已是炊烟袅袅，笼罩四野。

半天工夫，已是香飘万家，乡里乡亲的大娘大婶们闻香而来，但凡有哪位大婶远远地边走过来边扯开嗓门喊道："哎呀！小婶子，羊肉好香啊，又准备进补哩！"小婶子定会笑颜如花，并自豪地扬声回应："是哩！是哩！冬至进补，来年打虎噢！"然后，大家纷纷聚到一起，东一句西一句地聊上半天，估计吃不上羊肉的，感觉闻闻也挺好。大家公认，小婶子特别能干善良，但是，肉少人多，左邻右舍都是庞大的家族群，早已分家，要是人人有份都能吃到肉是不可能的，大家也理解。一旦把肉炙好，小婶子肯定先端上一份孝敬爷爷奶奶。家住隔壁，小时候常常饥不果腹的我们，每到这天，闻香惹嘴馋，只能馋涎欲滴了。吃之不得的那股香啊，至今萦绕在我们四姐妹心头，挥之不去。

冬至来临，都容易勾起我们儿时的回忆：小婶子的独家冬至火炙羊肉。现在，每年冬至，我们都会买羊肉回家吃，无尽感恩当下之余，却怎么吃，也感觉没有当年闻着的香，那可是记忆深处散发出的芳香啊。

冬至阳生春又来，四时更替。周而复始，去日已不可追，来日犹可期。且让我把失去的都释怀，待我走过这三九寒冬，去迎接那春暖花开，把所有的回忆当作人生路上的一道风景吧。

（2021 年 12 月 26 日《梅州日报》刊登）

天空之镜

　　八年前带孩子第一次去看天空之镜，四年前和闺蜜第二次打卡，今天和表妹开启了一场说走就走的旅程，此行已是三度茶卡盐湖。

　　走南闯北观世间风景，茶卡盐湖最能让我暂且忘却尘世间纷纷扰扰，亦能令我瞬间思绪万千。此乃我今生旅行重复打卡次数最多的遥远地方。这是被《中国国家旅游》杂志评为人一生必去的 55 个地方之一——中国"天空之镜"，素有聚宝盆美誉的柴达木盆地。

　　听说最美的季节是秋天，于是我第一次选择了八月份去，第二次九月份去，而这第三次前往却是十月中旬。三次共同感悟就是"天空之镜"美到让我窒息，冷得让我怀疑人生。每次坐 20 分钟"盐湖号"小火车到达盐湖深处时都已冻到瑟瑟发抖。料想，此处定是喝西北风的最佳窗口。盐湖的天气多变，风大，温差大，前两次去还遇到忽晴忽雨的天气，虽然下雨会特别冷，但雨过天晴后，天空就像人的心情。瞬间白云悠悠蓝天依旧，清晰倒映在银波粼粼的湖面，更是美得让人心醉。

通往湖心的铁轨锈迹斑斑的，卧立在空旷的盐湖之上，铁轨两边依稀可见长年被西北风吹得东倒西歪的电线杆。20世纪采盐留下的小火车，在寒风呼啸中满载游客开往湖心之际，颇有一番开往天之尽头，开向末日的景象。

为选择最佳观影拍摄时间，我们每次都安排在下午三四点到达目的地，然后坐小火车终点下车。有道是："放眼浮云沉碧水，惊心净镜映蓝天。"眼前已是湖清若镜，湖天一色，感觉不远处的天空和云朵已触手可及。置身其中，如梦似幻的美景仿佛让我已经飘在蓝天白云间，有种我心飞扬且欲展翅飞翔的冲动。当我穿上鞋套小心翼翼地漫步在宛如天空之镜的湖面上，观看着自己的倒影，瞬间又心平如镜。观远处，人都在水上静静地漂浮，倒影成双。

神秘而清澈的盐湖里面偶尔能看见一些溶洞，还能欣赏到形态各异，正在生长并洁白如雪的朵朵盐花。与其说是天空之镜，倒不如说是一面魔镜。湖面水天相接已融为一体，镜与境，净与静，已让天与地颠倒，人与影难分。浮光掠影，仿佛已穿越时空。感叹于此番洗涤心灵的景观，人间仙境乎？景乎？镜乎？

表妹美云此刻宛若天边最美在那朵云彩。人如其名。在洁白如雪的湖中正扬起手中的薄纱，红裙飘逸，笑颜如花。乐此不疲地顾影弄姿，并不停地请表姐我给她拍照录影。忽然，一阵猛烈的西北风吹落了美云可爱的鸭舌帽，我急忙从湖中捡起，用力甩一甩，帽上的水滴纷纷飞向我和美云的衣裳，瞬间已化作白花花的盐花。见毕，两姐妹相视笑哈哈，已把快乐定格在镜中。

在天镜之端，景区出入口不远处的几座人物为主题的硕大盐雕，巧夺天工。一代天骄成吉思汗，盐湖女神，卧佛……每座充满了神秘的色彩。屹立在天地间任凭风吹雨打，演绎着不朽的传奇。

如若有缘再来，天空之境的日出日落，月亮星辰将是我向往的另一番童话世界。待那晴朗的夜晚，漫天星辰尽布于穹顶之上时，且让我携手灵魂伴侣，置身于盐湖，脚踏星影，感受那繁星的触手可及。必定仿若走在银河，似在天宫。岂不美哉？

在此，听风，听雨，听自然。看山，看水，看美景。放空一切，活在当下，置身天空之境，人间仙境。必定能遇见最美的自己。

（2021年10月12日于茶卡盐湖）
（2022年1月4日印尼《千岛日报》侨园刊登）

"天陆古"

近日和妹妹们小聚，聊起童年趣事，二妹想起一个人，那是常年喝得醉醺醺的街混"天陆古"。"天陆"是人名，"古"则是我们客家人称呼男士通常喜欢附加在名字后的惯用字。"街混"并不是说他会干啥违法乱纪的事，只是说明他只是一位专门在小镇街上当苦力混口饭吃的苦命人儿。"天陆古"堪称我们小镇几十年来无人不晓的"知名人士"。我们小时候读小学和初中必须经过小镇的唯一一条街道，总能见他待在街上。听闻他竟然终身未娶，更别说拥有一儿半女。

小镇的街上若有货车运来水泥或化肥等重物，需要找人上卸货物的，必定叫上这位当时年轻力壮时刻都在候命的"天陆古"。故，常常能看见他低头弯腰，汗流浃背，扛着重物埋头苦干的身影，继而，都知道他会用干完苦力刚得的收入换酒喝。然后在大街醉上老半天，并撒撒酒疯。好在他酒后不会打人或追赶别人。

所以，孩子们都不怕他。有时调皮的小孩还会借机逗他几句并取笑他。

不知"天陆古"什么学历或家庭出身，只知道他家就住在街道附近。还记得我们读学前班及小学读二三年级时，在二十世纪八十年代，他曾经也算是个体面人，是我们镇上露天电影大院隔三岔五从事放电影的工作人员，或许是当时电影行业的不景气或其他什么原因，我们都未去考究，也不知具体何时起，"天陆古"改行当起了"街混"。"街混"最后几乎成了他的终身事业。今年我回老家，还无意中听老家工作的同学做比喻时提起"天陆古"，同学说"天陆古"早已经住进了镇政府的养老院安度晚年了，但偶尔还会出来向人讨支烟抽。我想，如果遇见，我会当场买两条烟送给他，感谢他当年善意或无意的"谎言"。能把如小草般存在的两姐妹，夸成两朵花在骄傲的幻觉中成长的也没谁了。

我大概小学五六年级起及初中阶段，但凡我上学经过小镇街道，几乎每天都能看见"天陆古"。他都会远远地向我叫唤："漂亮的白牡丹，可爱的小酒窝。"不知是否酒后的胡言乱语，还是出自他当时没喝酒时的真话，叫得多了，我也就当真一直误以为自己长得漂亮且可爱了。

早已过不惑之年，即将步入五十知天命的我。这时二妹问起："不知是否当年的'天陆古'依然活着？"当年我上学在街上遇见他，他可总是叫唤我为"红牡丹"。妹妹勤劳善良，相貌平平，在茫茫人海中一粒何不起眼的尘埃而已，我又何尝不是？

啊！此刻，我几乎惊掉了下巴，瞬间颠覆了三观，我这才恍然大悟，我的个神哩，我竟然被当年这位醉汉的谎言欺骗了半生。自我感觉良好中自信了大半辈子。好在从未向人提起曾经有个"天陆古"把我比作"白牡丹"叫唤了好多年。呵呵！如今总算一语惊醒梦中人。"红牡丹"也好，"白牡丹"亦好，原来都是南柯一梦罢了。估计二妹也因"红牡丹"的美誉自信了大半辈子，偷着乐了几十年。三妹四妹笑言可没这经历。今日想来，除我和二妹，或许有李家闺女，王家闺女被他叫成红玫瑰白玫瑰什么的。只是我们不知罢了。估计，空欢喜一场的所谓花儿们应不止我俩！

我笑问二妹咋不早把"天陆古"当年硬夸我们姐妹美如花的秘密分享出来，好让我早日破迷开悟，认清事实，走出幻觉。言毕，四姐妹早已乐开了花。沧海一声笑中，已印证了凡所有相，皆是虚妄的真理。

（2022 年 1 月 6 日《梅州日报》刊登）

待到春花烂漫时

"待到春花烂漫时，我在丛中笑。"我所期待这如诗般的浪漫意境，今日，终于如愿以偿，美美地上演了。不同角度花丛中拍的每一张照片，深深的酒窝都安然挂在我的嘴角，足以证明，都是发自肺腑并满足的微笑。这归功于春天之美。生活再难，也要努力争取并珍惜片刻的欢愉。

最是一年春好处，鞭炮声声仿佛还在昨天，不觉间，燕子已归来，不时在屋檐下呢喃着。又到春分时节。昨日看到朋友圈晒出中山云梯山立体花海的诱人美景，决意带上老妈去踏春。我辛苦了一辈子的母亲，近一年更是被病重半身瘫痪在床、每时每刻都不停叫唤的老爸折磨得身心疲惫。老爸是几乎带不出来了，只要用轮椅一推出门，就马上叫嚷着要回家躺平。老爸这次从鬼门关回来，住院及各种治疗一年，虽然算捡回一条命，生活却已完全不能自理，更是性情大变，不愿配合治疗，全然一副自暴自弃的模样，一做针灸治疗就趁人不备拔针，身边是一刻也离不开人，见不到人就拼了命地叫唤。估计是内心没了安全感，也估计是自己彻底把意志摧毁了，每天两人专门伺候着，都被折腾得几近崩溃。家人们均心力交瘁及各种无奈，心痛之余却也束手无策。生病的确是无人能替代分担的。多想老爸还能康复，待到春花烂漫时，好带他一起出来看看这花花世界。所以，我倍加珍惜眼前人，我要带老妈出来透透气，想让老妈得到片刻安慰及放松。老妈也太需要鲜花来治愈。

天公作美，阳光明媚。正是一年好时光。唯美春色怎能辜负？说走就走，赶紧带上老妈，奔赴云梯山立体花海，花海坐落在云梯山森林公园西门，分 AB 两个黄花风铃种植园区，占地约300 亩。不算太远，从我家过去，驱车半个小时到了。

不是周末假期，前来赏花的人寥寥无几。能到此人间天堂一游是何其有幸，倍感珍惜及感恩。我们跨进 A 区大门，首先映入眼帘的是两条身形巨大的恐龙摆件，恐龙后方是花海长廊起点，三只造型俏皮可爱的小草熊正摆出欢迎游客进入的姿势。

踏入五彩斑斓的花海长廊，繁花似锦，绮丽的绚丽黄是主色调，面对如此童话般的世界，让我瞬间联想起秋天的胡杨林。感觉此处却更胜了一筹。黄花风铃正相互簇拥，熙熙攘攘地挤满枝头。哇！太美啦！实在太美啦，我和堂妹忍不住连连惊呼。含蓄的老妈一如既往地保持着沉默，却于安然中露出了久违的笑容，神情是如此的满足。

目光所至，皆是美好，精神倍儿爽。不管是现场摆拍的，直播的，玩抖音的，还是录影的，前来赏花的大多数是中青年。人人的脸上，都洋溢着灿烂的笑容。举目低头，黄花风铃树下是成片颜色各异的万寿菊，小丽花，大丽花和格桑花正争奇斗艳，就像一幅春天多姿多彩的画卷，抬头仰望，层次分明的黄花风铃木，依山而种，暖阳下一片金黄闪闪，黄得干净而纯粹，这可是春天最美的霓裳。从未看过如此仙境般的花海，美得太不真实，是梦境？是世外桃源？还是人间天堂！意识已快傻傻分不清。我们时而走进花丛观景台，时而在花间徘徊流连，置身花海，我们仿佛已成花仙子。

近 300 亩的两座小山头已被一片金黄笼罩，大气磅礴，黄花风铃树下其中一片格桑花的天地，堪称我的心头最爱。黄花风铃木如大家闺秀，格桑花却似小家碧玉。上下已形成鲜明对比，交相辉映。自从十多年前在青海的塔尔寺附近初见格桑花，一直让我难以忘怀，这可是藏族视为象征着爱与吉祥的圣洁之花，也叫幸福花。在此遇见，容我说声：扎西德勒！

飞花飘落轻似梦，飘落的仍是一片春色。我们信步来到山后最远处一片最纯粹的黄花风铃树下，这片树下没有再种别的花，抬头全是一簇簇金色的花球，低首可见落花堆积，春风轻抚，又是落英缤纷，飘飘洒洒。惹我怜惜。生怕踩疼了一地落花。拾起地上朵朵金黄，往事悠悠上心头，青山依旧情依依。思念本来就是很玄的东西。却在瞬间萌了芽，浮生若梦，谁人入了梦？梦中人又在何方？寻常巷陌，躲过这狭路相逢。滚滚红尘深似海，我已不再是从前那个少年，事过境迁，青丝已现白发，糟心的人或事，此生请勿入梦来。罢罢罢，落花本是无情物，丢下落花，随它去，既来之则安之，本为踏春而来，多踩两脚又何妨，树上花儿才向阳，抬头便是艳阳天。

走吧，到各种花海丛中多拍几张，留下最美的记忆吧。于是，堂妹开启了欢欣雀跃模式，开始了各种抓拍，一会儿把我叫到栈道赏花，一会儿又把我拉到丛林拍照，一会儿冲向平台眺望，一会儿又在花间梯田摆姿势，一会儿又自言自语地录一段视频……堂妹开心得像只小麻雀，乐此不疲地穿梭在花丛中叽叽喳喳忙个不停，一个劲地叫嚷着美不胜收，让人流连忘返。

春天终究是美好的开始，孕育着生生不息的希望。我又在花下默默许愿，待到来年春花烂漫时，我会再来，让这醉人的黄花风铃木和春的姹紫嫣红继续点亮心情。

（2022 年 3 月 26 日《梅州日报》刊登）

（2022 年 4 月 9 日印尼《千岛日报》转载）

（2022 年 12 月 16 日梅州文学网转载）

居延海日出

　　我看过庐山日出，泰山日出，黄山日出，衡山日出，阴那山日出，海上日出……在天南地北追逐欣赏过无数次的日出，都各有千秋的美！每每看着红日初升，总是能让我产生无法言喻的悸动。我觉得最令我欣喜和震撼的，非此行的居延海日出莫属。

　　深秋的居延海正是弱水潺潺，落叶翩翩的季节。10 月 11 日从大广东出发去大西北，我们广东中山大白天气温还是炎热的三十度。穿短袖还觉得热，今天 10 月 15 日来到居延海看日出的凌晨，已经是零下两度，温差之大让人受不了。早上 4:30 起床，穿着线衣毛衣加羽绒服和棉裤棉靴，戴上手套帽子和口罩，全副武装，像包粽子似的裹了个严严实实。在睡眼蒙眬中从酒店坐了 1 个小时的车，才到达居延，凌晨 5 点多居延海景区已是人头攒动。都是从五湖四海大老远奔着看日出来的。顶着刺骨的寒风，牺牲睡眠追日虽然是辛苦的，却充满着幸福的憧憬和希望。

居延海一直以海相称，分明是傲居茫茫戈壁滩上芦苇相间的湖泊。我印象中的居延二字源自唐代诗人王维的使至塞上："单车欲问边，属国过居延，征蓬出汉塞，归雁入胡天。大漠孤烟直，长河落日圆，萧关逢候骑，都护在燕然。"并总让我联想到此处曾是抗击匈奴及外族入侵的边防重镇，荒漠边关。

游客为占据看日出的最佳位置，大都赶在凌晨5点多钟，黎明前的黑暗中到达。大家都努力往老子骑牛铜像的观景台附近挤，据说道家老子当年已在此羽化成仙，并给世人留下了五千字的《道德经》。人们开始在寒风中守候着，不一会，"快看！来了！来了！"黑暗中有人开始欢叫，紧接着一片片欢呼声，欢迎着小精灵的出场，只见一群群可爱的红嘴海鸥已在黑暗的水面上芦苇间若隐若现的飞翔。我一直以为这些可爱的小精灵应该要日出后才会出来飞舞晨运，没想到都已摸黑出来陪我们一起迎接太阳。人们开始拿出准备好的馒头包子饼干等食物抓在手上，高高举起，海鸥陆续飞向人群零距离吃食，人们纷纷忙着和小天使拍照录像。我喂完带去的饼干及面包，再拿出口袋中最后一条牛奶棒，抓在手上举起，由于牛奶棒韧性太强，海鸥费劲地啄了半天也吃不着，我趁机快速地摸了摸前来啄食的海鸥，急得海鸥在我身旁盘旋了老半天。在零下两度的刺骨寒风中等待了近一个小时，四肢早已冻得发痛变僵，不停地跺脚及搓手才能保持仅有的一点热量。东方微微发红，太阳已先从天边撕开了一点裂缝，挤出了一道道霞光。天已开始放亮，慢慢地，霞光映红了天空，人们暂停了喂海鸥，又纷纷把目光和长枪短炮对准了日出，最耀眼处，已出现了一个小红点，越来越亮，越来越大了，再从半圆到全圆，仅6分钟左右的时间，似圆盘大的太阳已完全从霞光中冒了出来，金光四射，闪烁刺眼的光芒，然后慢吞吞地往天空上面爬升。海鸥轻盈展翅，欢快地穿梭在芦苇间及湖面，发出阵阵清脆的叫声。芦苇上已薄雾缭绕，湖面波光粼粼。人们纷纷欢呼着发出感叹："哇！实在太美了！好美呀！"芦苇已摆动着纤细的身体和柔软的芦花在晨曦的寒风中轻歌曼舞，妩媚多姿，正延续着生生不息的希望。感觉从未看过如此大的太阳及灵动的日出画面。

我不禁感叹，此时日出居延海，不正已呈现出"'朝'霞与孤鹜齐飞，秋水共长天一色"的绝美画面吗？

（2021年10月16日于居延海）

（2022年4月《侨星》杂志刊登）

外婆

外婆走了，享年 93 岁。时间
定格在 2022 年 5 月 11 日中午 12
点。一直健康平稳的外婆，前些
日子还能逛街做饭的外婆，一个
月前突然摔了一跤，然后半瘫在
床三十多天，就匆匆离世了。此
刻正安详地躺在水晶棺里永远地
睡去了。她已耗尽最后一丝油
灯。外婆的离开，没有遭受太多
的病痛折磨，也没有给亲人带来

我的外婆

拖累。仔细想来，许是一种福气，更或是一种解脱。外婆是有福
之人，儿孙满堂，早已四代同堂。她已算是目前仅有几十户人家
的小山村中历来最长寿的长辈了。

10 号接到大表弟阿伟的电话，说外婆昨天开始无法进食了，身体也开始浮肿了，11 号中午却接到通知说外婆已经驾鹤西去，我们举家匆匆驱车四百多公里从中山赶回老家见外婆最后一面。外婆去世的当天开始广东大部分地区都一再发出最近几天有强风雷暴的预警，我们回家的路上，一路上已是狂风骤雨，仿佛老天爷都舍不得一生勤劳善良的外婆离去，正伤心地大哭。而这因特大暴雨停学停课的三天正是全家老小在家给外婆守孝的三天。

　　十天前的五一假期我们儿孙纷纷赶回老家看望过她老人家。外婆当时躺在床上已经不能翻身，思维还算清晰，能一一认出我们，并小声叫出我们的名字来。乐观微笑了一辈子的外婆已是一副痛苦的模样，时不时忍不住发出声声低沉的呻吟。估计是躺在背后的伤口实在疼痛难忍，最近帮外婆洗澡抹身的舅妈说，外婆的身背后已经躺烂一大块，已无法愈合并发炎了，用药也不见效果了。而五一节前几天外婆却还和我大舅及舅妈说她自己会咸鱼翻生的。看她自己如此坚强乐观的心态，我们都满怀信心外婆能够康复。我把从朝鲜买回的安宫牛黄，和小表弟伟明一起一口一口喂给外婆服下了。我们多么希望安宫牛黄能成为灵丹妙药，让外婆快速康复，重新站立行走。我们儿孙常常念叨，都说多么希望外婆能活到 100 多岁，尽可能多享受些天伦之乐。这才分别短短十天时间，却已天人永隔。

　　我的外婆出生在平远县东石镇，名叫曾石运。由于和我黄姓外公（我妈妈的生父）性格不合，在我妈妈三岁的时候离了婚，外婆带着我妈妈改嫁给平远县河头镇章坑村樟下住在深山老林的丘姓外公（我妈妈的养父）。70年前至40年前樟下当时是水电及道路都不通的。外公外婆扎根深山，用勤劳的双手，以大山及日月为伴劳作了一辈子，并先后共生育了七个子女，夭折了两个，存活了三个女儿两个儿子共五个孩子。外婆在大山生活了七十多年。从未上过学的外公外婆靠耕作及砍柴养活了一家子，一生靠勤劳及节俭还建过三座新房，先从大山深处的山上搬到了山脚下的小河边生活了几十年，然后又搬到小山村田野中心的新房一直生活至今。生活之艰辛及努力可想而知。

我们回家的路上，接到大舅吩咐，外婆是高寿离世，按家乡风俗，当作喜事来操办。

第一天，我们回到家时，大舅家门口已搭起了三个红色帐篷，大门口放置着香炉及外婆的遗像，外婆的遗体则摆放在大舅家的客厅。我们都分别三鞠躬后敬了一炷香。然后围着水晶棺深情地看着外婆。既然是喜事，我们都忍着所有的不舍和悲伤，有空都往外婆的棺前流连及徘徊。我们知道，存放三天后，就要拉往殡仪馆，永远见不到她老人家了。

第二天，天空依然伤心哭泣，暴雨连连，我妈妈的两个妹妹全家从远方纷纷赶了回来。至亲都已基本到位。同村的乡亲们都前来当帮手，买菜做饭，全力帮忙操办喜事。儿女辈的我妈，舅舅，舅妈，小姨，姨丈们都头上绑着红头巾，我们孙辈手臂上则绑着红布，这是戴孝的仪式，再怎么说喜事，我们内心却怎么也无法欢喜，毕竟是至亲人的永远离世。

第三天，出殡前一天，是开孝日，所有的远亲和乡亲们都纷纷前来祭拜，老天仍未止住伤心的眼泪，继续着连绵不断的阴雨。早餐过后，我妈妈及小姨舅舅们来到外婆灵前，我妈妈想起三岁和外婆来到这山里，外公外婆娘常常为了生存不得不翻山越岭到几十公里外的东石镇上挖红薯捡漏稻穗挖野菜等方式寻找一家三口充饥的粮食，无奈只能常常把年幼的妈妈一个人留在山上的土房子里，妈妈一天天在胆战心惊中翘首期盼外公外婆早点回来。山上的土房经常有蛇虫鼠蚁及野兽出没，我妈妈在饥饿及恐惧中度过了幼年时光，当我妈妈七岁正要上学时不光家里没钱交学费，我外婆还怀上了我四舅，为了帮助极度贫穷的外公婆外带小孩，懂事的妈妈不得不放弃了上学的机会，7 岁就开始了带娃之路，帮外婆带大四舅再带五舅和六姨。当我妈妈带大三个弟妹时，家里仍是常常饥不果腹，为了生存，我外公外婆不得不把我妈妈早早嫁给了一个当时在山外镇上，出自书香门第的我爸爸，仅仅为了换取微薄的彩礼同时能让家人暂时解决饥饿，也为了我妈不再挨饿并早点过上好点的日子。在当时这是完全可以理解的，也是为了生存不得已而为之的……妈妈想到这些，又想到曾经苦命并相依为命的外婆这时永远离开了她，妈妈积蓄已久的悲伤似万箭穿心般，再也忍不住悲痛地号啕大哭了起来，并一把眼泪一把鼻涕地哭诉起小时候种种过往。小姨舅妈亲人们见状都纷纷失控地哭成了一团，五舅让我去劝我妈妈不要过度悲伤，别哭坏了身子，不要再回想过去的苦难，要多想现在的美好生活。我说我无法相劝，就让她好好地发泄一下吧。我一直想用佛家的智慧，提醒自己千万忍住别哭，要让外婆走得安心。我不敢靠近灵柩及正在痛哭的亲人，我怕我也会失控得大哭到崩溃。当穿红色喜庆服的乐队十多人早上9点多到来，不久就奏响了哀乐，哀乐在山村回荡。哀乐队的职业歌手深情地演唱着悲情的歌曲，一首接着一首。世上只有妈妈好，相见时难别亦难……让人听了悲从心起，瞬间点燃了我的泪点，我赶紧躲到一边的田坎上，任由眼泪像断线的珍珠般往下流，伤心地哭得不能自已。以后，外婆再也不会疼爱地看着我并拉着我的手深情地叫我一声"满子"（我们客家话为：宝贝孩儿的意思）了。外婆再也不会使劲地往我手上塞各种特产了，我再也感受不到外婆对我的疼爱了。

　　我已经三十多年没在外婆家住过了，每次都是来看望一下外婆或吃个午饭就走了。这次回来送别外婆终于住了三晚。灯火通明人气旺旺的外婆家，我再也不害怕了。说来也怪，这几天除了连续暴雨，从我们回到小山村那晚开始，连续三天晚上，青蛙和蟋蟀及各种昆虫都仿佛在撕心裂肺地嘶叫着，此起彼伏的声音之大，令人惊讶，连在山村长大的我们也从未感受到如此震撼的感觉，吵到从中山回来年幼的小侄女睡不着觉，直嚷嚷让她妈妈快点把虫子的声音关小点，令弟妹哭笑不得。因为白天有乐队相伴，晚上乐队下班后，昆虫仿佛是奉命出来接班的，特意奏响了田园交响曲来陪伴并超度外婆。好像昆虫也担心外婆晚上太寂寞。

外婆家坐落在群山的怀抱中。屋前有一小片田野。侧面有个菜园子，不远处还有一条清澈的河流。小时候我常常随小姨去河里捉鱼虾或戏水，外婆家有我满满的童年回忆。屋后是两口鱼塘和外婆种下的三华李，果树果实累累，即将成熟，外婆却来不及品尝了。一生勤劳善良的外婆一直坚持劳作种植并自理到 92 岁还无法劝休，也是世间不多见的了。

我小时候，外婆不管生活多艰难，逢年过节，我们到来，外婆总是变着法子给我们准备点好吃的零食等着我们。就算没钱买肉，咸菜也要多放了两勺猪油，吃起来格外香。所以，我特别喜欢来外婆家吃顿午饭，解解馋。可是，我却不喜欢在外婆家过夜。乌漆抹黑的夜晚，山村没有通电，外婆家常常只点着一盏发黑的煤油灯。微弱的灯火闪着幽灵般的光，令我害怕。还有家门口小河淙淙的流水声，一到晚上，显得格外响亮，我害怕大灰狼来了，我都听不到它的叫声。我担心晚上出去上茅厕，开门就会遇见早已潜伏在门口的大灰狼。大山深处的夜晚总是有一股叫天天不应，叫地地不灵的感觉，让我恐惧。

我敬爱的爷爷奶奶及外公都去世得早，几乎都没享受过多少儿孙的福气。这使我和父母早早地深刻感受到子欲养而亲不待的含义。所以我倍加珍惜并孝敬外婆，希望外婆能长命百岁。由于儿孙都很孝顺，所以外婆一直在丰衣足食中安享晚年。外婆一生特别喜欢赴圩，我们镇逢初二初五初八都是赶集日。一个月共九个集日，外婆几乎都会到几公里外的集市上赴圩。我们除了担心她的出行安全，却又是欣慰的。因为，只要老人家还有花钱的欲望和能力，至少说明她还健康。我们姐妹小时候，每逢圩日，经过街道去上学都能见到外婆，也都盼着见到外婆，外婆总是会挤出一点点钱给我们买零食或买几颗糖果给我们解馋。我们总是欢欣雀跃并心满意足。

外婆虽然没什么文化，却特别明事理。总是能很好地教育儿孙做人的大道理。教导儿孙要勤劳宽容和善良。令所有晚辈都尊敬她。从我记事起，外婆温顺善良，我从来没有看她发过脾气。总是一副笑容和蔼的模样。外婆一直是我心中永远慈祥微笑着的天使。从此，我的妈妈已经没有了妈妈，我再也不能亲切地叫声阿婆了，再也看不到外婆听到我们回来的叫声，吱呀一声推开木门，笑容满脸地迈着八字脚出来迎接我们，我们走的时候，她老人家会一再叮咛并祝福我们，然后依依不舍地站在门口一直目送我们渐行渐远的身影。想到这里，我又不能自已，伤心欲绝。几乎哭得喘不过气来。差点没哭倒在田坎上。失去亲人的悲痛，竟是如此撕心裂肺。

外婆，此生太短，我们已无法相见，愿我们来世再见。愿您一路走好，愿您在天堂能与外公过上神仙般的生活。您将永远活在我们心中。

（2022 年 6 月 26 日《梅州日报》刊登）

一汪清泉

因多年前田震一曲余音绕梁的《月牙泉》，如歌，这一汪清泉一直让我魂牵梦绕，还决定了我会带着惦念赶往那儿看风景，且是流连忘返。

有师傅曾对我说，我命里五行多水。古人云：上善若水，水利万物而不争。因此，我的书房一直悬梁高挂：上善若水。权当人生座右铭吧！毕竟，我一向是喜欢水的，我爱辽阔的大海，清澈的小溪，奔腾不息的江河，宁静的湖泊，当然了，同样喜欢居于沙漠之中这抹奇迹：纳天地之灵气，日月之精华的一汪清泉。

太阳快要落向西边的山之际，为了找寻天边映出的月牙泉。我第一次在初秋的下午四五点钟，绕着连绵起伏的鸣沙山先骑了一趟骆驼，让我体验了一番自古有之的交通工具。自然联想起远古时期丝绸之路上的先人们。跨过驼铃声声耳边掠过的沙漠，终于看到了沙漠深处月牙泉的神秘面纱。近看月牙泉，好一幅：水光潋滟晴方好，清澈如镜镶沙漠的唯美画面。边上粗矮的杨柳树和绿莹莹的芦苇，正迎风招展。这沙漠低谷处的神奇之水，常年风沙弥漫，却不曾淹没，难道有神灵保佑才千年不涸？难道是沙漠最后一滴眼泪？难道是天空的镜子？我又沉醉在万千思绪中不能自拔……

为再睹神泉圣水的另一芳容，在某年深秋凌晨，当漫天星斗未曾离开之际，我和美云表妹又一次选择了观景月牙泉。从半山远眺，一汪清泉像一弯新月，更像一面魔镜，在蓝色霓虹灯的映照下正水灯辉映，镶在沙漠深处闪耀着幽光。此刻，星星纷纷忽闪着眼睛问魔镜："魔镜啊！魔镜！我们姐妹谁是最漂亮的星星公主啊？"魔镜很难为情，唯有借助微波粼粼使劲地点头一番称赞："都美！都美！都是最美的小公主。"上善的神泉早已把对大地万物的爱及岁月光阴揉进了永不干涸的湖泊怀中。

为了登上最高沙丘看沙漠日出奇观并远眺月牙泉，我们先艰难地步行登上了第一座沙丘。神奇的鸣沙山细柔之沙，登之即鸣，走在上面发出了嗞嗞嗞的响声。但几乎往上爬一步，陷两步，退了半步。沙子还不断地往鞋子里灌。我们花了近半个小时，才登上一座小沙丘。景区的沙漠越野车却早已等候在上面，游说我们花钱再送我们去更高的远处看日出。我和表妹都不想再艰难地当沙漠苦行僧，果断地坐上了越野车。当越野车飞驰在沙丘之上，月牙泉已在远处若隐若现，变得遥不可及。深秋的沙漠风如刀割。头和脸被吹得发麻发痛。加速的心跳随飞驰的车子一路狂奔。我们已经分不清南北东西。哪里是什么沙漠鬼越野，简直惊险如过山车，简直是末路狂奔——亡命驾驶。真想中途叫停急刹，却已经由不得我们，忽上忽下失重的感觉令我和表妹发出阵阵声嘶力竭的尖叫。估计我们大惊失色的尖叫声回荡在沙漠深处更像鬼哭狼嚎。早知如此，不花钱请我来坐，我也是断然不敢的。我后怕无情的沙漠会把我深埋在这荒漠之中。

终于，越野车带着我们奔到最适合观景的地方，登高望远心情好，日出天边无限美。月牙泉附近的鸣沙山上看日出，沙漠的壮观雄伟，大气磅礴尽收眼底。微风早已吹散薄雾，柔软纯粹的沙子在朝阳下金光闪闪，熠熠生辉。回头望望，足过无痕，路亦无道。此刻，多么希望你是风儿，我是沙，缠缠绵绵走天涯。有道是万水千山总是情。天涯何处无芳草。我却已踏破皮鞋无觅处。天若有情天亦老，人间正道是沧桑，还是无怨无悔了余生吧。待千帆过尽，心灵深处这汪泉，已是百转千回终难忘记。寒来暑往一缕香。我多想化作一缕青烟，缭绕在你身旁。待你月牙泉边过，相拥水中央，同化一朵莲，安静绽放，任世事摇曳，守住这汪清泉可好？泉不复，沙不语，静默无言胜有声。

任凭斗转星移，海枯石烂。沙漠和月牙泉始终井水不犯河水，驻守着一番岁月的信念，却又演绎着尘世间的相亲相爱情不喻，地老天荒爱永恒。

（2021年10月14日于月牙泉）

纽约中文周刊《综合新闻》2022年第三十五期（总第683期）刊登

今夜只为等你

当夜幕降临，万家灯火时，又迎来了无声的寂寥。你可知道，我在等你吗？梦中的人儿。

我是一只孤单的小鸟，心无所依，总爱在枝头翘首期盼。时而声声啼唱，忧伤已百转千回，柔肠寸断。

白天，我又看见那蝴蝶双飞，花间翩翩起舞，形影不离。又勾起了我的哀愁。顿感悲戚，只好张望着你来时的方向。

寻寻觅觅，人世间，为何见不到你的影子？在梦里，我早已踏遍万水千山，找遍了天涯海角，痴痴等你，默默寻你。如果美梦不能成真，就让我在美梦中永远睡去可好？

眼看着风抚林梢，已是日落西山。待风起云涌时，请别再让我继续等风也等你了。就让我乘风而去吧！带上我沉甸甸的思念和一生的痴情。携手共赏这世间烂漫山河，共享生活的温暖和点滴。你若敬我一尺，我必敬你一丈。

朝思暮想是虚无缥缈的你，魂牵梦绕也只是梦里的你，梦中你热辣辣的目光，让我情不自禁，泪花盈盈，从眼角滑落是我滚烫的真情。请轻轻抹去我的泪痕，抚平这深深伤过的印记。

夜阑珊，华灯已一盏盏熄灭，别怕！有我。已为你点亮了心灯，照亮着你来时的方向。

还有那天边滑落的流星，耀眼的光芒也为你而亮。我早已许下心愿，呼唤着你的名字。我拽了一缕清风，让它快快把你送入我的梦乡。

人生的列车旅途漫漫，你是否已提前下了车？还是仍在车厢角落等我？

今日十五恰逢中元节，又开启了一场暖心的思念。我借着记忆的墙壁，铭刻了你初来时微笑的模样。

故乡的月光，总会有那么一束光，不偏不倚照到了我的身上。无需给我鲜花和掌声，我只想借着你送来的光，踏上希望之旅。纵然有烦恼，也不再执于烦恼，让我能云淡风轻地活着就足够了。

今夜，也想念格外疼我的爷爷奶奶、外婆外公了。不知他们在天堂是否安好？在我心中，他们从未离开过。真是应验了那句：有些人虽然早已经离世，却依然活在我心中，活在梦里。有些人依然活着，却在我心中早已死去。思念本来就是很炫的东西。尤其在今年的这个中元节，彰显得何其透彻？

听，我已听见了风儿传来的吟唱，正对黑夜诉说着，又是月儿撩拨了它的心跳。肆意流淌的忧伤，正随风远去。

今夜难眠，只为等你，再次来到我梦乡。

（2022年9月6日《梅州日报》刊登）

（2022年9月7日梅州文学网转载）

朝圣之旅

　　想当年，初识敦煌莫高窟，应该是读小学时期的课本上。了解到敦煌莫高窟是我大中华文化宝库中的艺术瑰宝，书中舞姿曼妙轻纱飘逸流动的飞天图案，如历史名片已深深地印在我的脑海，我想，长大以后，我一定会去那里看看，领略历代祖先博大精深的智慧及中华千年的文化底蕴。

　　这一愿望终于在三十多年后的十年前得以实现，迄今为止，十年间，我已到过三次莫高窟。每一次来到丝绸之路上河西走廊西端的敦煌莫高窟，似置身于墙壁上的图书馆，更似在千佛洞中朝圣，仿如置身佛国世界，艺术殿堂。冥冥中每次都感觉似有股神奇的力量感召而来，但凡离开之际，我都暗暗想，我还会再来的。今次所想更甚，下次再往，我定要多住几日，不想再随波逐流，来去匆匆。静下心来感知这片土地的更多神奇，多看些未曾相见的洞窟。俨然成了不折不扣的莫高迷，此次敦煌之旅已被我深切感受为自我意义上的朝圣之旅。或许源于我一向崇尚佛家大智慧和喜欢画画及艺术的天性使然吧！更为见证这千年礼佛人心向善的依据和虔诚所折服。莫高窟俨然已成为我心中信仰的殿堂。

　　每当离开之际，我都想写点东西表达我震撼的心灵感受，却总是一筹莫展，无从下笔。幻想着能天赐我神来之笔，记下这历代石窟巧夺天工的辉煌和千年的过往。事不过三，不容再拖。起心动念却迟迟未动笔，情何以堪嘛，仿佛自己都已不能再原谅自己，且把记忆的碎片略作一番拼凑赶紧做个记载吧。因为实在太多的东西让我着迷和深思，太多的感悟和精彩值得我谱写及探索，比如：每一洞窟的工匠，画家，颜料色彩，建筑特色，每一图案背后含义及故事，每一笔线条，每一种服饰，画中人物神态，每一朝代的市井生活，成千上万尊的壁画佛像和2000多尊形态各异庄严慈悲的泥质彩塑……所有的一切，都值得我一探究竟。我终于明白为何会有敦煌文化学院，为何那么多人长期痴迷于研究敦煌文化。代代修建，不断拓展的千百年来文化叠加及沉淀，岂是三番五次前往，十天半月研究就能了解明白？我也终于明白敦煌为何会令诸多考古工作者，画家，佛教人士，旅行爱好者，学者，艺术家，建筑学家们着迷，终于明白莫高窟为何能长期吸引世界的目光。震撼灵魂，叹为观止啊！

　　为保护洞窟，每天每个洞窟早已限流。所以我每次去都只能看到区区一小部分洞窟。每回，我都会选择当天最贵的套票。先看一场文化与科技深度融合的数字敦煌。鲜活而生动的球幕之下，人在画中游的神奇体验中，直观了解其厚重的历史及文化的源远流长。

"敦煌"乃"大盛"之意。果然名不虚传，尤其盛唐时期的壁画色彩之丰富，人物服饰做工之精致，线条之流畅，建筑装饰之华丽堂皇也是尤为出众的。一代女皇武则天登基之年在"九层楼"第九十六窟内兴建的第一大佛，"北大像"弥勒大佛更是气度非凡，庄重而神圣。睹物思人，自然能联想到大唐盛世治国有位威风凛凛的武则天女皇上了。各个朝代的洞窟风格各异，特色鲜明尽显。自公元366年从乐樽和尚第一石窟开凿起，从前秦，北朝，隋朝，唐朝，五代十国，再到西夏，元朝等，历时十个朝代1600多年营建的莫高窟洞群，是世界文化遗产中为数不多符合全部六项标准者之一。敦煌更是古代文化的艺术宝库，足以傲视异邦古迹，雄踞天下。我瞬间觉得能生在华夏何其有幸！我为有如此智慧的祖先感到无比骄傲及自豪。

举世闻名的第17窟藏经洞，据称内有从公元4世纪到11世纪的5万多件各类文物，数量之多令人惊叹。从讲解员口中了解到一些关于藏经洞是在公元1900年被一位叫王圆箓的道士所发现的，据知里面大部分文物已流失到海外。还了解到英法日俄国等一些强盗们对其中4万多件文物的骗购和掠夺。我们只能随讲解员在洞口徘徊，可惜无法深入其中。这些文物到底都长啥样样？到底如何存放的？存放空间有多大？诸类问题，对我来说仍然是个谜，徒留痛心疾首的伤悲之情。

继续投入人流，随同专业的讲解走进洞窟的每个角落，无论是讲述佛教故事，还是对色彩及做工用料或神态的解说，都能让我凝视并流连。继而努力试想着当时的时代背景，按捺不住心底的惊呼，思想在燥热中升腾，灵魂是无法平静的。是被信仰的磁场吸引还是被飞天的祖先召唤，是被艺术及境界所震撼还是先人的才智和精神所折服？对遭到破坏或损毁或流失的洞窟文物倍感遗憾，深感此地千年文化及艺术的结晶博大精深，需后人的呵护并薪火相传。不知千年历代支持拓建的天子们是否都曾一一踏上过这片神奇的土地？一股股说不清道不明的由来和复杂的情感积满胸怀。

每往莫高窟，每次听完讲解参观完毕，我总是要在山脚来回徘徊几趟，试图梳理一下这块瑰宝千年过往的历史脉络和人文精神。

最令我着迷和不解的一幅石窟壁画，创作于北魏的禅定佛像，神秘而微妙的微笑比法国巴黎卢浮宫的蒙娜丽莎整整早了千年。讲解员在石窟内用手电筒从不同角度照向佛像面容，笑容都是极为动人。神情恬静和悦的禅定佛从嘴角露出丝丝发自内心深处的微笑，似是禅定中顿悟后的愉悦。据称有考证：蒙娜丽莎的微笑中含有83%的高兴、9%的厌恶、6%的恐惧、2%的愤怒。我则认为禅定佛具有百分之百的愉悦。简单而纯粹的微笑，绝对比蒙娜丽莎更胜一筹。我初见这尊微笑的禅定佛像时，瞬间能悟到一眼千年的震撼和感觉。余秋雨先生称："看莫高窟，不是看死了一千年的标本，而是看活了一千年的生命。"再恰当不过了。莫高窟本身就是中华古文化及艺术的一棵常青树，具有永恒的生命力。艺术一直都是有灵魂地存在着。

遥想当年，年轻的我可是爱笑的娃，也曾 N 多年喜欢长发披肩，喜欢那份秀发飘逸轻松自在的美好感觉。初出茅庐之际，我们外企的同事仓管司科长，多年来一见我就笑曰："哎呀！小丽莎来了。"初闻，不知其意，丽莎到底是何方神圣不得而知。总之感觉应是友善的称呼，久而久之，终择日，究其因：何谓丽莎？答曰：小蒙娜丽莎是也。称我长期面带微笑，长发披肩，有股蒙娜丽莎的范。我哑然失笑。天啊，君有所不知，我不否认天生爱微笑，但我笑不露齿却有着难言之隐：怕一张口笑就出卖了我那长得不太争气并脱颖而出的两颗小虎牙。从此，蒙娜丽莎在我心中变得亲切起来。仿佛该感恩她冥冥之中保佑我从微笑中学会了完美掩饰。可以负责任地说，属于乐观派的我，微笑大多是开心和善意的。或偶有丝丝苦恼或愤怒的难于言喻夹杂其中。

正所谓：人之初，性本善。人皆有佛性，微笑终究是善意美好的象征。我想说，无论你是过去佛，现在佛还是未来佛，慈悲为怀吧！在微笑中过好每一天吧！莫高窟中的千年千佛，足证我华夏文明古国之智慧及信仰由来已久，代代相传。

（2021 年 10 月 14 日三度敦煌莫高窟之际）

（2022 年 9 月 6 日《梅州日报》刊登）

一念间

我承认，我是矛盾的综合体，从何说起，且容我道来。

都说伤春悲秋，也不尽然，对我而言，也可谓是乐春喜秋，喜忧参半吧。所以春秋两季注定收纳着我的快乐和伤悲，心境的阴晴圆缺表现尤为突出。整体来说，我还是个相对乐观向上的人儿。

我是酷爱春天的，我最喜欢春天嫩绿的小草地，喜欢走在软绵绵的绿色世界里，踏进这春天的柔情，感受大地的一片生机盎然。我喜欢在和煦的春风里，躺在小草的怀抱中沐浴暖阳，仰望天空，让思绪在微风暖阳中飘荡，让心情在蓝天白云间翱翔。放飞快乐的心是如此逍遥自在，无拘无束。

我喜欢春天的万种风情与芬芳，从冬梅的辞别让春风送来了春梅的祝福，再迎来千树万树梨花开，从桃红柳绿再到油菜花绽放的遍地金黄，一切是如此美好，仿佛连空气都是清新甜美的。

知道我出差到了贵州，铜仁的彦君同学邀我去看瓦屋乡万亩油菜花，想与我来一场金色花海的最美约会。六盘水的小马兄弟则也约我去看乌蒙大草原漫山遍野的百里杜鹃。她们俩的诚意邀请和盛赞的美景，令我神往不已。正筹划着此行干脆多花两天时间顺道看看贵州最美的春天，变化总是比计划来得快。这两场美好的花间约见计划均因突如其来的疫情一夜之间泡了汤。空欢喜了一场。只得迅速驱车离开了贵州。这三生三世十里桃花的仙境只能在梦中继续盛开着。待那桃花灼灼，祝福所有的美好能在这片桃花林中遇见吧。

有道是花须折时终堪折，莫待无花空折枝，一年四季，我却是有花折花，没花也折枝的人，时不时会剪些花或枝叶造型放置于餐桌，花有花的美艳和芳香，枝叶却有枝叶的艺术美及骨感的倔强美。一草一木，一花一叶，观之乃自在菩提，在我眼里都是有生命力的，都有温婉可人的一面。美丑自在人心。能感知并取悦自己即可。

可是，我不喜欢看落英缤纷的景象，这是生离死别的场景。我也排斥没完没了的春雨绵绵，要是再遇上潮湿得能让人都发毛的回南天，更容易让我想起"清明时节雨纷纷，路上行人欲断魂"这首诗来，继而，自然而然就会想念逝去的亲人。顿时一片悲戚戚。愁云惨雾漫天飞，瞬间已是忧伤的载体，混混沌沌中感知着人在江湖，梦断天涯。

如若心如晴天之时，春天傍晚偶遇一场春雨，我会欣喜无限，美好地冠之以春夜喜雨的称号。

　　尽管我不喜欢纷纷扬扬一直下个不停的春雨，却喜欢这春天空山新雨后的那份小清新，嫩芽新绿，青翠欲滴。俱往矣，昨日之日怎可留？只好随意春芳歇吧。

　　我是农民的孩子，自然体会过农家春种秋收的苦与累，喜与乐，儿时春天的农忙时期，我们周末都要帮家人或亲人插秧苗，茫茫的水稻田间，随处可见头朝泥土背朝天插秧的父老乡亲。苍茫大地，也曾留下我娇小的身影，我曾以灵活的小指，快速用左手出秧，右手插秧，让苗儿横竖有序，队队成行，芊芊弱指，点出过一方的碧波荡漾。插秧半天之后眼冒金星并久久站不起来的那份腰酸背痛的累，最能令人深切感受到粒粒皆辛苦的含义。秋风送爽带来成熟的喜悦之情，都展现在沉甸甸的那片稻香里。

　　家乡的秋天是金色的童话世界，主打着喜庆的丰收黄。除了到处可见金色的稻田。农家已硕果累累，黄澄澄的柿子，金黄色的橙子，橙红色的橘子，鹅黄色的柚子……都在丰满的成熟中笑弯了腰。野果也已飘香，片片成熟的气息扑面而来，和小伙伴们欢天喜地上山岗采摘野果捻子，沙果和野柿子……那曾是记忆深处最快乐的源泉。

　　自古逢秋悲寂寥，待层林尽染，秋收过后，阵阵的秋风扫落叶，深秋已让大地疲态尽显，满目悲凉话惆怅。深秋时节，恍如人生晚景，传递着万物易逝的信号。不禁又感叹起生命匆匆，太匆匆！

伤春悲秋在于心，喜怒哀乐一念间。日复一日，年复一年。请勿问我春花秋月何时了，死去元知万事空。终究，你我殊途同归。

（2022 年 10 月 16 日《梅州日报》刊登）

小草

"没有花香，没有树高，我是一棵无人知道的小草……"当久违的旋律在耳边响起，我感叹与小草已是命运共同体。

年近半百的人了，我还是偶尔会用童音哼哼几句小草之歌，以唤醒沉睡的灵魂，苟活在给自己编织的童话世界里。而世间，仍会有那么一些重情之人，痴心男女。尽管人间绚丽多彩，活色生香，却宁愿静静地驻守着心中一道微弱的光，照亮着前行的路。痴痴地继续等待着，属于自己的一瓢饮。有道是：一曲春风不堪赋，几番流年未解情。怎奈公主也会在优雅中慢慢老去，王子尚在何方？

做人如一株小草多好？简单纯粹地活着岂不快哉？永远活在童心荡漾的感觉中竟是如此美妙。人可老，心万万不能老。不然，未老先衰，暮气沉沉，一路向西天了。

忽然萌生了一种感觉，我仿如一株小草，一直草草地活着至今。我深情地扎根大地，热情地拥抱着日月星辰。无需在意别人是否为我鼓掌喝彩。仍要努力向阳而生，没有忘记，我只是一棵默默无闻的小草。

我必须做一棵坚强的小草，纵然没人呵护和心疼，也要内心无比柔软中继续坚强。来吧，休管狂风骤雨，哪怕电闪雷鸣，料定往事如烟，我已走过岁月的温情，年复一年，无论我的每一粒种子落在房前屋后，还是田间地头，荒郊野外还是高山洼地。我都努力地活着。我感恩大自然给我的一切，阳光露珠、风霜雪雨，让我闻到了香，看到了美。我慢慢地在时光中穿梭，已读懂了世间的悲喜。我把善良化作片片绿，为大地无私地点燃了爱的活力。

天，蓝莹莹的，飘来一朵洁白的云，很轻，很轻。飘进了小草的心坎，待千帆过尽。只见天空掠过一只小鸟。小鸟本想依人，怎奈思君不见，只好翻过了雪山来到了草原，又飞向了大海。惊鸿一瞥，已穿越了心潮的万水千山。且将相思一片片，化作一曲太想念，久久回荡在耳边。拨动了思念的心弦。这多情的秋，早已将爱意深藏。

收获的秋天，无意间，我仿佛已找回前世走失的大哥，大哥全家与我的缘分足以令人拍案惊奇。大哥微信发来的人生座右铭竟然也和我神奇雷同："生命不息，奋斗不止。生命不息，学习不止，生命不息，大爱不止。"我已秉道而行几十载，未来，我们相约继续加油。珍惜相遇，感恩善缘。且让我们如小草般向阳蓬勃，生生不息，在生命的旅途都能活得游刃有余。

秋已深，月朗星稀。凉风习习，夜色撩人。谁能偷来一壶黄昏的酒？一起小酌微醺。笑看这小草黯然失色。正拥抱着寂寞与冷风。任由月老，掀开了湖面的波澜。壮阔的水面，又怎能做到宠辱不惊？树欲静而风不止。草欲安而风不让。

小草也好，微尘也罢。终归是渺小而卑微的。一切犹如梦幻泡影，如露亦如电。应作如是观。或许，只需要草草地活着，且让往事随风，安然当下。岁月静好。再道一声：如草，甚好！

（2022 年 10 月 26 日《梅州日报》刊登）

寻酒记

疫情之下，重出江湖也好，跨界整合也罢，为人为己，终究还是要找点新鲜事物来做，以此证明一下苟活的意义。更何况，去年辛丑年仲冬之际，我的《大漠微尘》新书发布之时，备受尊重的前辈李伟辉老师采访了我，其间更是鼓励我应重出江湖，不应太早隐退，可以发挥既有优势，继续创造价值后也可以帮助到更多的人。这个点触动了我。整点啥呢？于是，我又开启了费尽心思，绞尽脑汁模式。既然生命不息，且让我踏上继续奋斗不止的步伐吧。

经过一番思量。想再次跨界，突破自我，赶一波浪潮，还是想起了做酱酒的买卖。想做，不代表一定能做，首先要明白自己为啥要做酒，还要搞清楚自己到底能不能做。该如何做，学习，考察，选酒，选址，定位，投资测算……都需要一步步明确及落实。

想做酒，首先需要过的是心理关。某日，与佛系的发小师兄聊起做酒的想法，此兄劝我，酒非善业，以他对我近半生的了解，认为我不适合做酒。我未苟同。凡事均具有两面性。粮食酿造出来的美酒，岂能让你一句"非善业"的大棒一挥，直接就帮我宣判了"死刑"。美酒可是咱们老祖先的工艺与智慧的结晶，酒文化由来已久，源远流长。存在的理由及地位足以证明是有价值并值得推广及传承的。美酒再好，适可而止，不要贪杯就是。可是，又有多少人能控制好自己的酒量？不得而知。

一些旧业务早已无需我费心，这两年也因为疫情的影响正处在半死不活的状态。开启新业务还是亲自学习摸索再决策吧。无需再为几两碎银慌慌张张地生存而战，只希望付出努力及支出后，若能产生新的价值，帮助一些亲人的同时然后再到西北考察助学，希望能用于资助一些大西北的孤儿完成学业。陕西宝鸡一所长期收留失学孤儿贫困学子的公益学校，一直是我关注的对象。目标及方向明确，我又活力四射，斗志昂扬起来。

于是，我踏上了春天的列车，开启了三趟分别为期五天的贵州寻酒之旅。1400多公里的路程，每次单程都需要开15~16小时，必须起早贪黑。披星戴月。第三次前往时与林师兄两人，凌晨4~8点多钟，一直大雨倾盆，我们只顾风雨兼程。或许特大暴雨的天气原因，也或许近期全国多地疫情严峻的原因，高速路上连续4个小时一台小车也没见到，只是偶遇了几辆货车。风雨易动，青山未改，一路向西南，进入遵义仁怀及茅台镇，赤水河绿了，美酒河畔微风很轻。空气中到处弥漫着酒糟的香气。贵州之行，当然不是漫无目的地瞎逛，行程明确而紧凑。

白酒虽是传统行业，对我而言却是全新的领域。每天都结识不同的有缘人，从接触企业老总到销售负责人，参观不同的企业，学到新的知识。只要是学习长知识，我总是激情满满，不知疲倦。从酱酒的原料到制曲工艺，再到轮次酒的酿制认知及了解。从察颜观色，到品酒之烈柔香淡。从销售模式到品牌人群定位。什么基酒轮次酒年份酒，新酒老酒，酱香浓香清香型，头头是道，处处皆学问。

怎奈徒有两只酒窝，却是不会喝酒之人，曾经滴酒不沾的我，完全是酒界小白一枚。想做酒自然得学喝酒或品酒。先学点皮毛是必须的。一窍不通会无从下手，学酒品酒我也是认真用心的。贵州前后十五天，自然少不了喝酒，每天喝的都是不同品牌的酒，为了试探自己的酒量，我谨记喝酒九部曲，并采取了循序渐进的方式：

第一天，自然是先小酌一杯，得悠着来，觥筹交错，略带矜持。恨不得有一帮文人志士围绕在我身旁，绅士淑女的模样。一边品酒，一边吟诗作对，显摆显摆。感觉意犹未尽中略带着遗憾。回酒店后一觉到天明，第二天满血复活，神采飞扬。

第二天，微醺体验，两杯下肚，已经能感受到酒精带来的神经刺激。此刻，我已像个伟大的诗人，一副提笔就能写诗的样子。不要再叫我姓名，请叫我诗人。谁不叫我诗人或文人，我真想跟谁急！感觉喝得好，睡得香。第二天无任何不适。

第三天，更上一层楼，三小杯已是半两，酒精让我跨入了浅醉模式，身体开始发热，头脑开始发沉。红扑扑的老脸上，已经眼神迷离。我想广而告之，我是李白的徒弟李黑，请叫我李黑诗人。谁都怕我，我谁都不怕。睁着眼睛，估计已全是瞎话。原来，两杯已是我的底，三杯万万喝不得。

第四天，四杯快近一两，已经沉醉不知归路，脑子已经控制不金口，请别跟我说话，不然跟你没完。别问我你是谁，我都已经不知道我是谁，你或许将面对一位陌生的话痨。罪过罪过，尽管还是睡得香，我已认清事实，我是真的不能喝。

第五天，五杯刚好一整两，最后挑战，谁怕谁。酣醉实在太冒险，说的全是真心话。掏心窝子不看谁。酒精过敏挠痒痒。浑身刺挠睡不香。整整挠了好几天。四杯已经是极限，以后再也不敢五小杯。

六步曲：烂醉如泥试不得。七步曲：酩酊大醉或许更丢人。八步曲：听闻癫狂境界摔杯子，掀桌子。管它伤着谁跟谁。九步曲听说将会惊世骇俗瞎裸奔，估计几乎是无人敢试这最高境界，除非承受了极度刺激。失常之后豁了出去。

一番试酒，止步一两。壶里有酒乾坤大，杯中有酒日月长。美酒确实是个好东西，好酒，小可社交，大可外交。酒再好，也不要贪杯，更不能一醉方休。否则，乱了方寸，丑态百出。小酌怡情，浪漫满屋，适可而止，微醺刚好。

我曾看到一间知名大厂销售推荐酱酒的十个理由，拿来分享如下：

1. 世界上使用食粮最多的酒。

2. 生产及存储周期最长的酒。

3. 不添加任何外来物质的酒。

4. 贵州气候地产独一无二的酒。

5. 香酱酒是天然的保健品。

6. 发挥易物质少，对人体刺激小。

7. 酸度高，有利于身体健康。

8. 香酱酒的酚类化合物多，且有拥 1400 多种香味物质。

9. 酒酱 53 度水分子和酒子分亲和力最好，对人体刺激最小。

10. 酒酱中含有抗衰老的有物化氧超歧化酶（SOD），可以止防衰老。

我未一一考究真伪，却感觉个个似乎都能触动我的灵魂。不禁发出感叹：如此看来，好酒啊！好酒！瞬间成了想经营好酱酒最有力的理由。

我已明确决定日后不做酒的生意。继续学习及成长的过程中，认识了一些朋友，长了一些知识，品了一些美酒，也是值得感恩记载。

（2022 年 4 月 1 日于仁怀随笔）

（2022 年 11 月发表于《侨星》杂志第一百三十六期）

幸福：一支笔的距离

　　此心安处是归途，只生欢喜不生愁。正是我对缘聚广东省侨界作联的深刻感悟。断断续续，我在大陆与香港间归去来兮，已旅居香港十五个年头。前年偶然有机会荣幸地加入了广东省侨界作联。作联经过四十年的积攒沉淀，发展壮大，早已经成熟稳健，人才济济，硕果累累。而我作为入会才三年的新员，却如文学路上蹒跚学步三岁娃，有待向前辈们继续学习提高。这里有我最尊敬的文人和画家，有多才多艺的艺术家们，都是我学习的榜样。更没想到我小时候和我爷爷共同喜欢的文学大师秦牧也曾是我们作联的重量级老前辈。作联常用的报纸杂志（如《千岛日报》《美国纽约中文周刊》《侨星》杂志及侨界作家公众号）等多元化推送方式，激发及提高了创作积极性。入会后的感觉如归家，漂泊了近半个世纪的灵魂终于安顿下来。相信，一切都是最好的安排。

疫情初期，是我与广东省侨界作联结缘的日子。被困在香港的前半年，我得到会长及前辈们的支持呵护及鼓励，才积极从文。疫情三年，也正是写写画画陪我度过了抗疫的业余时光。如今，我又归来大陆生活两年有余。仿佛，拿起笔杆子，已没有什么不能通过书写和倾诉解决的问题。神来一支笔，可为你写诗，能纵横天下，在婆娑世界的生活画卷上，描绘多彩的人生。可谓，我手写我心，走遍天下笔为侣了。

我儿时的作家及诗人梦想，终于在有幸回归广东省侨界作联后得以实现。入会一年时间，我出版了《大漠微尘》诗文集，并在我的家乡举办了一场终生难忘的新书发布会。得到广东省侨界作联的领导及文友们如亲人般贴心的全方位支持及帮助和捧场，让我感受到家的温暖，仿如回家操办了一场大喜事，让我激动又感恩。

我之拙见，出文学作品，除了灵感和激情，还需天马行空的思绪，绞尽脑汁地抒写。如此这般的静心动脑，我想，应该能预防我日后老年痴呆吧？在张文峰会长及陈耀宗大哥时不时鞭策及约稿之下，未敢太偷懒，业余一年也能写几十篇稿出来发表交差。时不时，还能收获碎银几两的稿酬，暗自开心一下。

生命不息，当学习不止。如今，我需加把劲，努力向作联的作家及画家们学习，为下一本书及画册的出版积极筹备。幸福，有时对我只是一支笔的距离，当我静心沉迷于写写画画时，便心生欢喜，忘却了尘世间一切纷纷扰扰。

若问我：什么是故乡？该何去何从？答曰：我心安处即吾乡！此心安处是归途！广东省侨界作联正是我继续开心成长的摇篮和值得深耕的地方。

（2022 年 12 月 19 日《华人头条》转载）

（2022 年 12 月 19 日发表于《侨界作家》第一百八十九期）

（庆祝广东省侨界作联成立 40 周年纪念画册《光荣与梦想》约稿）

牡丹缘

　　我喜欢出淤泥而不染的荷花，也喜欢阳光的向日葵，我喜欢高雅的空谷幽兰，也喜欢象征着忠贞不屈，傲骨凛然的蜡梅……总之，是花，我都喜欢，我想，有花开，终究是美好的！所以，我不光喜欢赏花，更喜欢画花。要问我喜欢哪个国家的国花，当然非我们的国花牡丹莫属了。

　　唯有牡丹真国色，花开时节动京城。唐朝刘禹锡的《赏牡丹》，我从小就耳熟能详。我一直梦想着能到河南洛阳观赏牡丹。却至今未能成行。

　　在我们大广东或香港，只有每年春节逛花市，我才能见到牡丹花，所以，每回我都刻意久久地流连在牡丹花放置区，脑海中闪现出无数的形容词来：浓淡相宜，娇艳欲滴，高贵典雅，雍容华丽，百花丛中最艳丽，傲气凌然展芳华，国色天香人人爱……感觉怎么形容都显得如此苍白无力。仿佛需当众高歌一曲《牡丹之歌》，才能呐喊出我的心声来。

多年来，我总是两天打鱼，三月晒网式地自学工笔和油画，三脚猫似的工夫一年也动笔画不了几张。我一直觉得国画写意画是最难的，尤其是画写意牡丹，近期心血来潮，一一抽空挑战了写意山水花鸟，梅兰竹菊，并决意攻克国画牡丹。我想，只要我能把我认为最难画的写意牡丹拿下，以后应该没什么能难倒我了。

去年某日，走在街头有幸偶遇良师一枚，姓黎，名曰：坚强。此师年已半百，多才多艺。低调谦卑，心地善良，常常口吐莲花，让众生欢喜。我认定此师乃我人生中又一善缘。老师数十年来，长期身兼多职，书法绘画，拳击散打，经络调理，奥数文理样样精通。还颇有名气。一手培养的学生获得过全国一等奖等众多优异成绩。今年我择机去找他赐教三招两式，给我指点迷

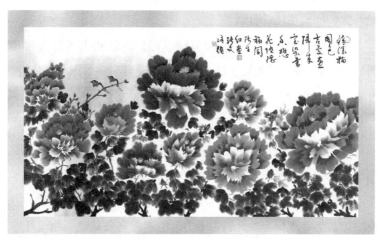

张生红画　张文峰题字《牡丹图》

津。初期我一看到牡丹花的图案，就晕头转向，云里雾里。感觉这玩意实在太难了，当老师教我比画了几笔，我就开始大胆玩起了创作大画，老师吓得够呛，直呼我如此天马行空的跳跃思维及模式，他闻所未闻，见所未见，笑我没学会走路，就见我直接跑了起来。老师还笑对旁人说："不能用常人思维和方法对待与众不同的我。我是连画画都不会老老实实地按规矩出牌的。"我会微笑着安慰与我年龄相仿的老师，请老师淡定，我只是喜欢不断挑战和超越自己，用创业及营商凡事努力找捷径的手法，都想变通到学画上来，我行我素地只管大胆涂鸦着。我之拙见，画画要胆大心细，下笔才有神。下错了笔我都会想到办法及时补锅。或者将错就错，变废为宝。最终，似乎还没让老师失望过。老师也只好有些无奈地笑称我为"补锅大师"。我始终坚信，世上无难事，只怕有心人，兴趣也是最好的老师。我大胆创新和创作。总是会收获惊喜。特别感恩黎老师曾经的指点江山，无私教导。如今，我已略懂皮毛，晚上能在家大胆发挥，自在涂鸦。

正值新春来临之际，为应时应节，喜庆迎新。我两周内花23个小时创作了这幅四尺大的《牡丹图》，九朵大小不等，形态各异的牡丹花，六株牡丹，六朵花苞和一对幸福的燕子。两个巴掌大的一朵牡丹花，我就得画上两个多小时。直画得我眼冒金星，云里雾里。我对画画的喜爱，有时简直到了废寝忘食的地步。业余一有空就写写画画。常常一坐就是四五个小时，还有几次画工笔，一口气从周日上午画到了晚上，连续画了十个小时，不饿也不渴，不吃也不喝，不离座位。画到天昏地暗。晕头转向。最终把一幅作品完成才罢手。

一幅拙作《牡丹图》，我荣幸地请到了广东省侨界作协德高望重的张文峰会长题字："情深描国色，吉庆燕归来。室染书香懋，花随德福开。"张会长妙笔生花，文采飞扬，行云流水，墨宝飘香，令拙作添彩生辉。

此幅画作《牡丹图》之本意，在于深情祝福大家：花开富贵，新年快乐。六六大顺，幸福久久，喜燕归来，吉庆满堂。

（2023 年 1 月 19 日印尼《千岛日报》刊登）

（2023 年 1 月 21 日美国纽约《综合新闻周刊》刊登）

（2023 年 3 月份《侨星》杂志第一期转载）

大自然的调色盘

多年前第一次去看奇险灵秀美如画的张掖七彩丹霞，缘于老谋子的贺岁片《三枪拍案惊奇》，我一直不相信天下会有美到感觉竟是如此不真实的山脉，决定一探究。我以为七彩颜色的山脉是用油漆或者彩布盖上去、为拍戏特别制造的场景。

当年从中午一直游玩到傍晚日落时分，中午还是天清气朗，七彩斑斓的群山连绵。下午三四点钟却突然下了一场特大暴雨，山洪暴发，黄泥滚滚。然后天又开始慢慢放晴，眼看着金光四射的太阳缓缓地日落西山。终于感受到大漠孤烟直，长河落日圆的如诗画境，七彩斑斓，神奇唯美！号称全球 25 个梦幻旅游地的美誉果然名不虚传，被评为中国最美六处奇特地貌之一也是当之无愧。我怀疑这块神奇的土地果真是天空不慎打翻了调色盘洒落在人间的痕迹。

今天和表妹一起，再次故地重游。天公作美。蓝天白云之下，我们来到最大的 1 号观景台：七彩云海台。俯视之下七彩洪波气势磅礴，众僧拜佛，灵猴观海，大扇贝……形象逼真，惟妙惟肖，包罗万象。放眼望去，四壁陡峭，色彩斑斑，层层叠叠，交错有致！折服于大自然的鬼斧神工。再次被眼前的景象震撼着。我不断给表妹移步换影，试图把她着装时尚的倩影和造型丰富的斑斓彩色融为一体。

如果每个景观点都想欣赏到，半天时间是不够的，所以，我们第二站直奔最精华的部分：七彩虹霞四号景观台。表妹急于一睹神山的新画卷，急急忙忙下了车，把她那拍照的美丽道具，可爱的牛仔帽遗忘在穿梭巴士上了。那就改用我的道具，飘逸的丝巾吧，丝毫没影响表妹爱美和拍照的心情，景点的定义都是三分是形状七分靠想象的，身处大自然仙境般的怀抱之时，尽情发挥丰富的想象吧！眼前神龙戏火景观酷似熊熊燃烧的火焰，整体看去，只见一条神龙卧在天地间，头朝大海，脊梁直挺，尾巴高跷。龙周围的缓波好像汹涌的海面。貌似龙与火焰正在嬉戏！神龟问天之景，那是地质饱经岁月的沧海桑田和风花雪月的结晶。小布达拉宫颇有西域原宫的意境形态。忽然间，天呈异象。夕阳西下落日余晖之上的云彩，幻化出一幅大鹏展翅的景象，栩栩如生。最后，大家都直呼是大鹏，而我，怎么看也像一只正在展翅翱翔的凤凰。人们惊呼着神奇，我也觉得有些不可思议。感叹于天空就像魔术师，时不时给人间送来惊喜及欢呼。心想，不知是否示意会有好事降临呢？见者都有福吧！

麻子面馆，丝绸之路，赤壁长城……诸多景点，这次已来不及细品。此地已游三回。不一样的时间，不同的人。一样的心情，一样的美。一览七彩丹霞，天下群山顿然失色。此话不假。七彩丹霞每次都给了我强烈的视觉冲击和震撼，感恩大自然的馈赠。喜欢油画的我，好想功力长进之时，待把天空打翻在此的调色盘纳入我的画卷。

（2021 年 10 月 17 日于张掖七彩丹霞）

（2023 年 3 月 6 日《梅州日报》刊登）

故乡的云

这个春天不太冷，当我等到花儿都快谢了，蔚蓝的天空，终于飘来一朵故乡的云，洁白如雪，如棉，看似厚重，却在天空轻飘飘地悠然自得！

当你消失在天边，我的心碎了一地。不说，云也懂。

清明正在不远处，梦里已全是故乡的影子，夜夜的思念，日子都是慢慢煎熬。

太想念的心曲又回荡在耳边，每念你一次，恍如黄粱美梦，每梦你一程，都是泪光盈盈，心底的呼喊，都是隐隐的疼痛。

开启了清明时节雨纷纷的节奏。远在天堂的爷爷奶奶，外公外婆。你们都还好吗？我想，你们一去不复返，天堂一定很美。

年华渐行渐远，青春正挥手告别，唯有意识依旧，爱你的心不变，激情燃烧的岁月，依然如故。

多想，化作一弯新月，照亮回家的路。多想，随一缕清风，不远千里去看你。日有所思，夜夜皆梦，在梦里。唯独，不见了你的影子，我心如刀绞地痛着。

又到最美人间四月天，我死守初见的美好。一场缘，一生情。亲人，都是前世修来的缘分，相遇如梦，心念若尘，纷纷扬扬。眼角迷离，已醉了红尘陌路。

近日，偶遇十里桃花民宿，迎面只有一排假桃花，风儿告诉我：纵然有十里真桃花，世间也无三生三世真情在，所谓的三生三世十里桃花只能是个传说。别太当真！人生的真真假假，虚虚实实，皆是虚妄。无论你爱与不爱，舍或不舍，所有的相遇，终将化作云烟，灰飞烟灭！

快许我一帘幽梦，绕开这孤影难眠，月光皎洁，心心念念，都是你的影子。割舍不断的是亲情，容我夜枕春风，你依旧做我今生的念想，情思昭昭，次次回眸，眼角依旧残留你的影子，滑落的泪滴，已咸了苦涩的嘴，怎也无法化作生活的甜。

醒来吧，天边漂泊的游子。归来哟，故乡的云。安然在生活的碎碎念，柴米油盐中。岁岁年年，思念悠长。

（2023 年 3 月 28 日作于香江）

（2023 年 4 月 6 日《梅州日报》刊登）

（2023 年 4 月 11 日梅州文学网转载）

由一首歌想到的

今晚和小闺女到小区散步，远处飘来一曲《可可托海的牧羊人》。王琪的天籁之音，我们循声而去，原来是大妈们在用来跳广场舞。大妈们用自创的舞姿在表达着牧羊人和养蜂女的款款深情爱意。感叹大妈们的新潮及与时俱进。或许，这歌也让大妈们想起年轻时的浪漫爱情故事了吧！

一年前，《可可托海的牧羊人》唱响了大江南北，初听，感动得我稀里哗啦。如泣如诉的凄美爱情故事，直抵心灵深处。不知已让多少人为之潸然泪下。草原，高山，杏花为证，爱似海深，那份原本美好的爱情却无奈到令人心碎。悲情的爱恋总是感天动地。风哭泣，山呜咽，日月同悲……

歌中听说养蜂女已经嫁到了伊犁。听这首歌总让我想起开心难忘的新疆自驾之旅，想起新疆伊犁的可可托海，想起草原上那颗宛如纯澈明珠的赛里木湖，想起那7月的独库公路，560多公里开了一整天，却经历了北方一年四季的气候和美景。还有那美丽的那拉提和天山，巍峨的高山，珍贵而散漫的云杉，有那碧波荡漾的青青大草原，无数的牛羊群和奔驰的骏马，风吹起片片麦浪，那是新疆大地最优美的舞姿，油菜花海漫山遍野的金黄是那片土地上最灿烂的笑脸，见那南疆的胡杨已千姿百态地醉倒在荒漠戈壁之中……所到之处色彩斑斓，如梦似幻，每天经历着人在画中游的境界。不到新疆，不知中国之大，不到伊犁，更不知新疆之美竟是如此震撼。我一直想记录大美新疆并写点关于旅友肖老师的故事。一拖再拖几年都过去了，再不写，恐怕，一辈子就过去了。

那年夏天，我们一行 10 人，用两台车开启了十天新疆自驾之旅，同车有位教育界元老：肖老师，高高瘦瘦，斯斯文文，白白净净，谦让有礼。五十岁左右年纪。一路上大家有说有笑，他却始终保持着沉默是金的本色，不爱吱声的他却给大家留下了最深刻的印象，谈起他都会忍俊不禁。

自驾第一天，开了五六个小时后，错过了饭点，只好到处找地方吃饭。好不容易找到一家尚在营业的快餐店。快餐上的分发还特慢。每上来一份肖老师都推让别人先吃，大家礼让他先吃，他都善良又倔强地必须让大家先吃。肖老师却默默地坐在桌子角落边，眼巴巴紧盯着别人的餐一份份断续送来。饥饿的他馋得直咽口水。在憨憨的微笑中等待着属于他的那最后一份。开始几份先上的人都已经吃完了，他的却还没上。我和芳姑娘坐在他旁边，眼看着他又馋又饿口水直流又大力在咽口水的模样，感觉他当时就像个备受欺负，饥饿委屈的孩子。我和芳姑娘看他这副可怜兮兮的样子，既惹人怜又好笑，越看越好笑。芳姑娘直接就笑喷了，芳姑娘在努力地想言词形容肖老师的模样："备受欺负的童养媳""可怜的小媳妇"云云，我和芳姑娘都不好意思先吃了。只吃了一点，就等他的上来我们再一起吃，好不容易等他那份上来后，我和芳姑娘一起哈哈大笑看他狼吞虎咽的样子吃完。队友们都逗乐得捧腹大笑，后来中途的简餐，肖老师都植入骨髓地谦卑礼让。大部分时间都舟车劳顿，尽可能吃了围餐，以便大家一起风卷残云。

最难忘的要数那伊犁之夜，我们来到伊犁三面环山的高山大草原，只见莽山连绵起伏，杉塔沿沟擎柱，山坡毡房点点，坐落有致。晚饭点了一只烤全羊，我们在蒙古包里一起大快朵颐，待酒足饭饱之际，毡房外已点起篝火，响起了欢快的音乐，来自五湖四海的游客纷纷走出蒙古包或毡房，都加入舞群中，肖老师像换了个人，简直戏精上身。时而像跳大绳的神婆般张牙舞爪，时而像放置在马路边挥舞着手招呼人进店的充气人偶，用高瘦的身躯骨感十足地摆动着固定而僵硬的姿势，时而像迈克杰克逊复活般一顿疯狂霹雳舞，时而像电影里的僵尸附体正蹦跶蹦跶出山来，时而冒出几步国标，再来一串猫步……肖老师乐此不疲，忘我地狂欢着。看他那副旁若无人自我陶醉的模样，还有他那怪异僵硬的搞笑舞姿，杂乱无序，见所未见。先是看得大家目瞪口呆，云里雾里。回过神来都笑得前俯后仰，笑得直擦眼泪，我和芳姑娘几乎笑到肚子抽筋。我们每聊起肖老师的逗乐吃相和魔性妖舞，都乐不可支！大家笑言，若有机会，定要再睹肖老师天下无双的雷人舞姿。

新疆是个好地方，处处都是好风光，是去了还想去的地方。那里有香飘满街头的诱人羊肉串，美味手抓饭，新疆大盘鸡……薄如纸甜如蜜的大西瓜，爽口多汁的吐鲁番葡萄，甜滋滋的和田杏和枣，阿克苏的冰糖心苹果和香梨……新疆的人们个个能歌善舞，时不时给游客们舞上一段，飚上一曲。让你吃不够！看不完！流连忘返。新疆之旅，我们同车五位铁友一路吃喝玩乐说唱笑，天天开心乐翻天，最后总结并直呼：堪称大家旅游史上最开心的一次。期待和芳姑娘及肖老师这帮开心果们有机会能再次同游。

薛哥走了

公元 2021 年 11 月 21 日的中午 12：44，突然收到张姐发来的微信："生红，今天早晨七点半，你薛哥走了，走得非常安详，彻底地离开张姐了。"

薛哥走了，带着张姐无限的深情和爱恋走向了生命尽头，去了遥远的天堂，来不及向我们一一挥手道别，从此，已天各一方，我们再也见不到这位可敬的大哥了。生命是何其脆弱！那么熟悉而亲切的一位大哥，怎么说走就走了？才六十出头。匆匆太匆匆。我还是不愿意相信这个事实，感慨于生命的无常，心情瞬间无比沉重起来。泪水模糊了双眼。悲伤仿佛已笼罩在整个阴湿寒冬的空气中。我已说不出更多安慰的话来。怔了半天，只能回了区区几个字：张姐节哀顺变！（附三个阿弥陀佛祈求佛祖保佑的手势及三个温暖拥抱的姿势）并马上发出了小小心意慰问金。除此，相隔几千里之外的我，真的不知还能做些什么。一番思考之后，我决意写此文把薛哥和张姐这两位我人生中遇到的有缘人做个记载，以示感恩。

我想，几十年来夫妻感情恩爱深厚的张姐该怎么办？等过了头七，我再打电话问候张姐并邀请她过些日子到南方来走走，我陪她去散散心，希望能帮她早日走出伤痛。

三年前，得知薛哥突然得了白血病。身为医生的张姐，这三年多来只能常常暗自哭泣，偶尔悄悄给我通个电话也是偷偷地哭着。她知道，得上这病，无论如何医治，薛哥留给她的时间也不会太多了。能好好活着相伴一天是一天。但张姐仍期待能有奇迹，全力以赴着，奔波于各大医院给薛哥积极治疗。我知道，为了不给薛哥心理压力及负担，张姐心在滴血流泪，却总是强颜欢笑故作轻松地陪伴着薛哥病后的每一天。怎奈，病魔无情，还是早早夺走了薛哥生存的权利。薛哥生病的几年间，我数次邀请张姐带薛哥出来南方走走，我想带她们散散心，因各种原因，她们一直未能成行。终究成了遗憾。两年前，我去东北时看望了他们，薛哥仍面带着招牌式儒雅乐观的微笑。精神状态看起来一直很好，和往常感觉无异，根本不像一位得了不治之症的患者。当时，我还想，看薛哥的样子至少还能活个十年二十年应该没问题。怎么可能得了白血病呢？不会是误诊吧？多么希望只是误诊。

薛哥和张姐是我在深圳正式参加工作的第一家大型外资公司的同事，认识至今已有 28 个年头。薛哥是吉林省四平市人，当时任我们深圳中日合资公司保卫科科长。张姐祖籍安徽，任公司厂医一职。张姐厨艺高超，做饭常常搞得香气四溢。总是惹得左邻右舍的年轻同事们嘴馋。张姐人还大方，不时把自己做的美食或饺子分享给大家，有时干脆叫大家到他们宿舍一起吃饭。薛哥夫妇都是军人出身，当年曾经是战友。均生性耿直善良，知书达理。都是一身正气的好人。爱打抱不平，对心术不正之人嗤之以鼻，从不同流合污。同是高干子弟，他却一点架子没有。薛哥高大帅气，每天总是面带着微笑，做事认真负责，遇事淡定从容。张姐人如其名，好似一朵俊美的梅花傲立人间。张姐高挑白净，皮肤白里透红，还拥有一双美丽的大眼睛。四年前去东北相聚时，薛哥还自豪地向我提起，张姐年轻时因为长得特别漂亮，大家给她起了个代号叫"白牡丹"。言语中的薛哥带着几分骄傲和知足。薛哥张姐几十年来，总是夫唱妇随，形影不离。

后来，我们虽然已各奔前程，但一直保持亲情般的联系，八年前，我们公司正需要招人，我想到可靠能干的薛哥张姐才五十多已退休在东北老家享福，他们家条件虽好，不差钱。但是，我觉得他们还年轻，完全可以再出来工作发挥余热。我发出邀请，薛哥张姐二话没说，千里迢迢马上来到中山协助我们管理公司的一些事务。工作日的午休时间，张姐还常做些好吃的叫我们一起到她们的公司宿舍午餐，包了饺子还总是给我一份带回家给小孩们吃。每到周末或节日，我则常常邀请薛哥张姐到我家摘水果及吃饭。我们家门口的芒果树是四季芒，一年四季几乎不间断地总有些熟果子挂在树上，张姐直呼芒果吃得过瘾也够多了，再也不想吃了。我家里有好吃的，我都会想着带给薛哥和张姐分享。

薛哥张姐都是爱憎分明的人，特别知足感恩，时刻念着别人对她们的每一点好。所以，总是夸我能干善良，聪明有才，对人太好。这么多年来，不光常常当面使劲夸我，背后见到熟人也夸我，还时不时发微信夸我并鼓励我，薛哥张姐还说随时都在默默关注着我的朋友圈动态，让我感受到来自大哥大姐的关爱一直都在，我总是被他们的举动温暖着。张姐还总说我待她们一直如亲人，她们一直都感受到上宾般的待遇，总说一直很感动并感激我。几十年来，我觉得都是被薛哥张姐夸着进步和成长的。他们提起同样是他们另一位东北老乡娶的我们一位客家老乡，多年前他们也曾经被邀请过去深圳帮助过人家，却从未被尊重和善待。人家夫妇却自以为是，不懂感恩，并把薛哥张姐当作下人呼来唤去，工作之外的事，生活上的事，家事，洗衣做饭接孩子所有分外之事都呼呼喝喝让她们做，对他们的态度也很差。张姐说没有对比就没有伤害，直呼我和他们做人做事简直天壤之别。

我认为薛哥张姐夸我，无形中似在鞭策及鼓励着我，其实，我也没她们夸得那么好，我只是一直发自内心尊重她们，对谁都真心相待罢了。何况薛哥夫妇做人做事确实值得我尊重及学习。薛哥张姐对我几十年来的关爱和鼓励及帮助，我一直心怀感激及感恩，这份恩情，值得我永远珍惜及铭记。

逝者已矣生者如斯，但愿薛哥在天之灵一定要保佑张姐平安健康每一天，早日走出悲伤。

春之歌

初春，连续大降温，并下起了大雨，岭南阴冷的天气至今已持续了一段时间，周一到周五，我却因新的工作安排，每天裹得像个粽子，在寒风冷雨中早出晚归。常常还被这倒春寒冷得打战。每天我都差点被自己风雨无阻的新春斗志感动了。不得不承认，我是个感性的动物，内心太柔软，天天容易被一点点的好所感动和感恩着，还常常被凡事努力到无能为力的自己感动着，也算是个自信且自恋的人吧。我从不否认失败乃成功之母，但我更愿意相信自信加全力以赴才是成功的母亲。

正值"草长莺飞二月天，拂堤杨柳醉春烟"之时。今日终于迎来周末，室内只有6℃，早餐过后，我独自懒洋洋地躺在沙发上，享受着此刻的轻松自在。窗外，后花园小河已春水荡漾，对岸邻居家的杨柳正舒展着嫩叶新枝，在微风细雨中轻歌曼舞。我花园中的年橘，个个身披春雨甘露，橙黄诱人。每年我都舍不得摘下，静待它们果熟跌落并化作春泥，然后再开花结果。任由它们周而复始地轮回着。

春节前买回两株含苞待放的剑兰，至今已盛放一月有余，盆高花壮，栽种后足有 1.5 米高，担心天寒地冻中被风吹雨淋，会摧残了它娇贵的身躯。前些日子大降温之前，我费了九牛二虎之力才把笨重的兰花连拖带拽地请进屋来避寒，因此差点没把我的老腰闪着。此刻，两株兰儿正在沙发两旁静静地陪伴着我。

前后花园年前种下的数十种时花，尽情地吸吮过大地日月恩赐的阳光雨露，一片欣欣向荣，花开灿烂依然。正在春雨中迎风招展，显得格外娇嫩美丽，楚楚动人，正微微地向我点头微笑。

风停了，雨住了。太阳却不愿意出来，阴冷的天气却无法阻挡鸟儿出来耍欢的步伐。只见一群小麻雀叽叽喳喳地欢叫了起来，纷纷飞落在我家的龙眼树上，正欢天喜地地上蹿下跳，像要举办一场春天的盛会。

扑通！扑通！忽然出现两只嘴尖尾长，黑白相间的喜鹊，轻快地飞向了我家更高的番石榴树上，展开歌喉，你一声我一声地鸣叫着，高高在上，旁若无人地对唱着。居高临下地瞬间声盖麻雀，仿佛是来挑战的，喜鹊响亮而清脆的歌唱引来我的注目礼，令我精神为之一振，我的乖乖，时针指向 10：10，有说：已时灵鹊叫，主有喜事，临门大吉也！莫非报喜来了？可是，谁能告诉我，两年多疫情笼罩之下，百业萧条，我又岂能幸免？喜从何来嘛？喜鹊乃报喜鸟，既然来了，终究算是好预兆，我就静静地等待天上掉馅饼吧。

大地早已吹响春天的号角，尽管"二月春风似剪刀"，也别忘了"万紫千红总是春"。提醒自己"最是一年春好处"，感恩善待每一天。且让当下的风声雨声，鸟叫声，声声入耳来。用心感受并聆听这曲"春之歌"吧。

怪树林之镜由心生

　　出游第四天，终于来到额济纳旗达来呼布镇一片荒漠中的怪树林。准备看日落，首先和表妹在景区正门口来张合照，证明到此一游。

　　进入景区，说不出来的惶恐，眼前到处是枯死的胡杨，千奇百怪，千姿百态，给人一种尸横遍野的感觉。世界末日的景象，透出一股阴森森的气息。令我有些毛骨悚然。到处怪骨嶙峋的胡杨似乎正仰天诉说着曾经对生命的抗争与渴望。估计怪树林是以枯死的胡杨形态奇特怪异，悲凉壮观而得名吧。

　　能震撼人心的地方，总会有属于它的故事和传说。导游介绍怪树林中枯死的胡杨是黑将军及众将士在此恶战后英勇牺牲的化身。我无从考证，也有说是由于河床改道，水源断绝导致胡杨大面积枯死。这可能对我更具有说服力。沙漠胡杨的生而千年不死，死而千年倒，倒而千年不朽，是何其顽强的意志啊！一直是我心中真英雄的本色及化身。

　　我找一张景区内的休闲椅坐下，环顾四周，试图换一种角度和心境聆听大自然的声音，努力着让镜由心生来一场完美的正向演绎。眼前对我视觉冲击是真实存在的。有时喜欢玩文弄墨的我，忽然觉得，这些枯死已千年的胡杨枝干，酷似老祖先留下的古老文化：草书系列。到处如笔走龙蛇，摆出了恣意挥洒的姿态。又像一件件天然艺术品，任由发挥想，像啥就是啥！这不：有像鳄鱼，有弯弯曲曲如蛇形状，有如骨感沧桑的老者，有像起舞的少女，有像正拥抱在一起的情侣……当艺术品去慢慢欣赏倒是一件高雅曼妙的事情。当心生美好之际，恐惧感自然已了无痕迹。

　　十多年来一直嚷嚷着要看心心念念的胡杨，如今终于得偿所愿。走进怪树林深处，终于看见些许复活或者活着的胡杨，可见稀疏的黄叶高挂，秋日风下，还能感受到一丝丝金辉摇曳胡杨闪金的景象，诗情画意，令人陶醉。不远处，终于看见两棵生树和死树痴缠在一起并紧紧相拥的"生死相依爱情树"，竟是如此生动而形象。

　　导游指着远处蜿蜒的沙丘，那是我们看日落的最佳点，几匹骆驼正缓缓地走动，好一幅美丽的流动画面，人们纷纷拥往沙丘，不一会儿挤满了看夕阳的人群，一起守望一轮红日回家的景象。太阳快要落山时，天空已经染成橘红色，夕阳下的枯树老枝在晚霞的笼罩下各放异彩，构成一幅幅绚丽的剪影画卷。我们看完日落匆匆撤离，防止出口人多拥挤，我想，如果等天空繁华落幕，天黑之际，仍身处怪树林，肯定会心生恐惧。

导游说："如果恨一个人，感情不好的，一定要带他来怪树林。"我想，是有道理的，分明是把恨的那个人带向了大坟场。还说："如果爱一个人，也要带他来怪树林。"为何？导游没说完就到达了目的地。好吧！各自去领悟吧！我想，应该是：如果爱一个人，就带他看怪树林那棵几千年不离不弃，忠贞不渝，生死相依的爱情树吧！

苦恼的"铲屎官"

本来，我是很喜欢小猫的，自从不得不当上了"铲屎官"，我对猫的感情竟是难以言说了！常常看到野猫在小区大摇大摆，招摇过市，就气不打一处来。

去大西北走了八天，离开广东时还酷热难耐，今天傍晚回来，已与南国的秋天撞了个满怀。这不，小区已到处弥漫着桂花的香味，空气都带着香甜的味道，金桂飘香才是咱们岭南该有的秋天标志嘛！顿时心生欢喜。南方今年的秋天比往年来得更晚一些，都寒露过后好几天了，已是深秋时节，美丽的秋姑娘才姗姗而来，终于把秋老虎镇压住了，飒爽的秋风轻拂，我家前后花园的桂花正绽放着一树芬芳，脑海中正浮现出"桂花留晚色，帘影淡秋光，靡靡风还落，菲菲夜未央……"景象。刚踏进前花园，走近我家桂花树下，正准备近闻花香，觉得已经变了味，不妙，感觉桂花香中已夹杂着一股令人作呕的猫屎味，定睛一看，桂花树下有一堆野猫屎。顿时，大煞风景。我赶紧拿来铲子，一手捏着鼻子，把猫屎铲起就往公共垃圾桶方向跑。哎！这该死的野猫，刚回来就让我做"铲屎官"。

在这里开心幸福地住了十多年，忽然，平静的生活被这两年小区泛滥的野猫打破了，时不时被野猫困扰着，还被逼当上了苦恼的"铲屎官"。为此，两年前我不得不在前后花园各备了一个屎铲。如果不想当"铲屎官"，就得天天有人在家住，还得和野猫斗智斗勇。每天早上起来和晚上回到家都必须到前后花园赏花并晃悠几次，见到小猫躺在我家花园草地上晒太阳时，必须马上赶它走，不然，定会留下一堆屎尿等我收拾。只要它在一个地方拉了屎尿，你不赶它，它保证明天后天……继续在同一地接着方拉。就等着天天当"铲屎官"吧。一旦在花园看见并追赶了它，最多能消停一周或十天八天不敢再来拉屎尿。不光见到要驱赶它，它拉了屎尿的地方还必须用水彻底冲洗干净，然后用花盆扣上抢占它的地盘，防止它以为这是自己的地盘每天在同一地方继续拉，如果野猫能长点记性多好，如果能到垃圾堆或没人的地方固定去拉多好，开始七八年，经常有野猫在我家后花园树下安家生仔晒太阳，都从来不会到处乱拉。只要不在私家花园里面拉，只来我家草地舒服地晒太阳我断然不会追赶的。难道和平共处懂点灵性不行吗？

更可恶的是，自从今年我养了小金鱼，无数次发现野猫趴在我鱼缸边上，后脚着地，把前爪子和脑袋伸进鱼缸偷吃金鱼，我立马一顿猛赶。我春节时买的六条可爱的小金鱼，放养在后花园大水缸的紫色睡莲一起，本来是我特意给自己制造的"鱼戏莲叶间"诗意及画境，半年多时间，已经被野猫偷吃了三条，到现在只剩下三条了。三个月前也是家里五天没人住，被偷吃了一条，这次家里八天没人住，竟然被偷吃了两条，每次回来，我都会马上先清洗金鱼缸并数数，再给金鱼喂食。就是担心金鱼被野猫偷吃了去。没人在家时，我都会让花工两天过来一次，给金鱼喂食。两天一喂，是断然饿不死的，如果饿死了必定回能见尸。

最要命的是，时不时能听到野猫发情，半夜传来如婴儿般的阵阵啼哭或瘆人嘶叫，把人从睡梦中吵醒。我以为我家草地太舒服，这两年住得多，常常花香四溢，猫也或许喜欢热闹和舒适才来的，不然，为何开始七八年都不会在我家花园乱拉屎尿。我问花工及邻居们，她们都说同样遭殃，烦不胜烦。或许这两年野猫实在太多了。愚公移山的写照却被野猫快速繁殖的方式演绎到了极致：子又有子，子又有孙，孙又生子，子子孙孙无穷匮也。灾难啊！

为了防止野猫再跑进我家花园，我去年请人特意给我家前后花园四周织了一米多高的又细又密的不锈钢防猫网，结果，它们还是能爬树再进来，或者直接高高地跳进来，仍然时不时到访。又宣告防猫失败。为了防止它们继续抢占我家草地，我上网查了猫爪子怕踩在脚下不舒服，如果草地上铺上铁网，它们肯定不来拉了，结果，铁网长时间一铺，草地又因阳光不足被盖死了，铺上铁网还贼难看。只好铺三天五天，再撤两天，在一撤一铺间周而复始地不断折腾着，铺上铁网时它不拉，撤掉一两天马上又过来拉，只好又赶紧铺上。邻居们告诉我草地撤上漂白粉好使，猫闻到会不敢来，试了几次，一点作用也没有。照拉不误。

　　臭猫屎，猫屎臭，那可是出了名的最臭，没有之一。什么牛屎马屎，鸡屎狗屎……在臭猫屎面前都不值一提，甘拜下风。这臭猫难道要逼我天天待在家修行琴诗书画，赏花观鱼，看它防它吗？本来漂亮的花园鸟语花香，诗情画意，却常常被防不胜防的猫屎搞得需求心理阴影面积。好在我的花工每天都会过来给花草浇水，见到后也会主动帮我铲走猫屎。我是一刻都闻不得容不得猫屎，只要我出门见到，立马铲走。现在的我，只要我家花园见不到猫屎，闻不到臭味，保证一天心情阳光灿烂。如今，对我来说，只要不当"铲屎官"，便是人间好时节！

（《侨星》杂志 2023 年第三期刊登）

路漫漫其修远兮

——王志纲老师部分书籍读后感

从初中后期开始，假期我就常被父母送往国内外各种夏令营学习，或者到咖啡馆，商超，招商证券，LV，外企……各种实习锻炼。母亲美其名曰：希望孩儿我能开拓国际视野，意在积累经验和为日后择业做准备。国外留学五年，取得硕士学位归来，我徘徊在人生路上的十字街头，边考车牌边在父亲公司实习，同时思考着该如何正式择业。何去何从尚未明确，父亲给我买回一些考公务员的书及几本王志纲老师的书。公务员的书籍显得枯燥乏味，仿佛又回到了应试教育状态。我倒是对王志纲老师的战略策划课题细心品读了一段时间，觉得若有幸能从事战略策划工作，必将得到很好的锻炼。尤其是王志纲论战略的封面内页："所谓战略……小到个人，尽早明晰自己的优劣势，找到自己感兴趣，有感觉，并愿意为之奋斗一生的事业，这些都离不开战略。"一语惊醒梦中人。这不正是我的心声吗？我正苦苦思索和为找寻一份愿意为之奋斗一生的事业中彷徨！

现将我对王老师的部分书籍内容解读如下：

我理解了战略是什么的概念。每当遇到重大变局或者说是面临巨大挑战的时候，需要做出关键决策，战略就体现出了其价值。在和平年代，商业场上的竞争是没有硝烟的战争，战略显得至关重要。战略具有前瞻性，中国的市场发展迅速，许多公司运营模式可复制性太强，既要找出或者创造出企业独有的优势，又要顺应国家市场发展规律就很重要。智纲智库帮企业遇到难以做决定的挑战性项目解决问题的思路：能不能做，怎么做，做什么，谁来做。为一个项目一个企业找"魂"。企业战略策划对企业的发展具有重要的意义，企业战略策划可以从以下几方面进行划分：产品层战略位于战略体系中的次级层次，即企业经营单位的总体战略。现代化的大型企业集团不会经营单一的产品或从事单一的业务，基本拥有各自独立的产品、独立的业务部门，经营多种业务、生产多种产品，即使各个独立的部门之间，面对的市场环境也不完全一样，提供的产品或服务也随之有所不同，在这种情况下，各独立的产品、各独立的经营业务部门在营销过程中所采用的战略部署也不尽相同，各独立的经营单位所制定的专门谋划本部门生产的产品或服务经营活动的战略，就是企业的产品层战略。

执行层战略位于战略体系中的最下面一层，在贯彻实施企业专项职能管理方向中有着独特的作用，它包括企业的总体战略与产品战略。其重点目标是提高企业各项资源的利用效率，从而使决策层战略与执行层战略的内容落到实处，使各项职能和目标之间形成统筹协调的关系，包括营销方向、研发方向、物流方向、财务管理方向、生产管理方向等多个维度。

智纲智库业务多元化，从房地产行业（保利，碧桂园）到文旅产业（万达长白山国际旅游度假区项目建成，项目顺应了国内旅游方式由观光逐渐走向休闲时代，成为万达集团转型文化地产战略"模具"。集滑雪，酒店，别墅，商业，高尔夫为一体。不仅如此，周边配套设计齐全，旅游新市镇的发展为政府提供了许多就业岗位）。

我所了解的智纲智库，发展历程：第一个阶段（第一个10年），1994—2003年是第一阶段，工作室聚焦房地产企业，"代表作"以创办名校切入，策划，营销，整合，帮助碧桂园在顺德起死回生，以及后来的多个项目例如奥园，星河湾。开创了中国"教育地产""复合地产""品质地产"的先河，成为中国房地产企业学习样板和行业标杆。第二个十年，重心由地产策划向城市战略策划转移，服务对象主体变成了各地政府，合作智力型机构也从广告公司变成了全球知名产业规划机构，例如：AECOM，毕马威，等。

许多企业，容易盲目追求当下的运营效益，只关注第一曲线增长（也就是所说的安身立命的看家本领），而忽略了要结合未来趋势去发展第二曲线的重要性，当短期取得一点效益的时候就容易依赖以往的路径，时代发展迅速，这就导致企业很容易被其他新晋的公司取代，这种后果就是由忽略战略的重要性所导致的。

一些大而成功的企业，以海外企业亚马逊为例，这么多年来它一直很成功，可以归结于公司的战略是在真正意义上以客户为中心。亚马逊成立初期，创始人贝佐斯就采取了冒险举措：投资仓库，虽然在起初导致了股价大跌，但这有助于他们日后成为在线零售领导者，可见其远见。亚马逊将战略重心建立在不会改变的事情上，也就是消费者的需求：比如在网络零售中消费者始终会关心的是他们想要的：精选，低价的产品以及能快速收货，而不是主要去关注他们的竞争对手是谁。为了给顾客提供有竞争性的低价产品，那意味着要相应地减少成本开销，他们从在办公室开销上减少，控制差旅费预算，再到给管理团队的薪水限制在一定金额，但员工可以获得一些公司股权（股票期权）以对应较低的工资等一系列的举措保证了其高质量服务和产品，物流和售后。

王志纲老师说一个企业在运作中至关重要的两个环节：管理与制作战略。管理是精益守诚，战略是开拓创新。

中西方在进行战略策划上的不同处，以及为何我认为智纲智库在国内的特殊性是其他国外的麦肯锡，德勤，埃森哲这样的优秀咨询公司难以取替的：我在读书的时候，每次导师给我们布置的作业论文其中的硬性要求就是运用一定篇幅权威机构发表的参考文献作为论文论点的佐证，而这些文献的作者都是进行了大量的实验以及丰富的历史数据进行总结。近四十年来中国作为迅速发展的国家，总体增长是跨越式的，所以不能像西方国家建立在数据的决策体系。战略在国内就是开拓创新顺应我国国情。"千载儒释道，万古山水茶"这样的标语是这些国外咨询公司无法写出的。

我认为战略咨询师需要扮演几个角色：好的倾听者，倾听是至关重要的，不仅为了了解客户需要什么，或他们存在的问题和愿望是什么。好的调查员，战略顾问不仅需要数据分析师，他们需要能够把数据连接起来，通过倾听获取相关信息，并将其转化为有价值的见解。

应以东方文化中的兵学思想和儒家理论作为底层逻辑，借鉴迈克尔·波特的竞争战略理论、里斯和特劳特的心智定位理论、诺曼和拉米雷兹的价值星系理论以及彼得·德鲁克的企业管理思想，结合智纲智库多年市场咨询实践经验，形成独具特色的战略管理咨询服务应用方法。服务模式应将起点定位在"机会"而非"问题"上，用提问法启发客户发现并锚定"价值点"（机会），以丙方身份实施"以整体服务整体"的"护卫舰模式"，为客户提供整体赋能。作为一个战略策划公司，不应只提供咨询方案，还要通过嵌入式服务，参与客户的战略实施，并联合客户企业和共同打造"活"案例库。

比如同行业的君智战略策划咨询公司，为确保战略的精准性、落地的有效性、策略的敏捷性，他们建立了"战略决策三角"模型。该模型以项目组为连接单位，设立竞争战略专家委员会、项目管理中心，共同对客户企业进行战略研究、决策会审。竞争战略专家委员会是"指挥部"和"参谋部"，负责协助客户企业发掘并锚定顾客端认同的价值，制定正确的战略，规划战略周期中各阶段应达到的战略目标，制定将战略落地转化为成果的关键任务；项目组是服务客户企业的"先锋队"，负责寻找竞争机会（价值点），协助客户企业团队在研发、产品、渠道、终端、传播等运营板块执行战略，帮助客户构建一整套运营管理系统；项目管理中心是服务客户企业的"联勤部"，负责把控客户企业的战略执行节奏，并保障提供服务的项目团队的专业素养及匹配度。

中国东方战略策划的特点：

搭建知识管理中心。知识管理中心聚集内外部智慧与经验，是显性知识及隐性知识的加工厂和生产基地，输出适用性强的知识产品，让知识资产得以最大化增值，为内部员工和外部客户搭建一个开放、共享的知识平台。知识管理中心主要负责组织实施知识产品生产、专业课程培训、咨询顾问培养、人才梯队建设等工作，分为商学院、知识产品、人力资源三大板块。

（1）商学院板块负责实施专业知识和管理知识培训，输出专业化、标准化、规范化的培训课程，帮助员工快速掌握所需知识，成长为专业人才或管理人才。

（2）知识产品板块负责组织实施知识产品研发、设计、生产，以各项目组和各部门知识管理员为对接人，收集总结相关知识及经验，通过整合、加工、评审等流程实现知识的标准化、专业化、规范化，推进隐性知识显性化、显性知识增值化。

在我读大学期间也专门修读了人力资源管理，任何时候，人都是最首要的因素。给人力资源板块负责组织赋能，实施人才培养、晋升通道设计、训练体系设计等。要想取得一定的发展需要加强对人力资源的变革，从内部管理入手，提高自身实力，建立健全企业内部管理机制，才能够完善企业发展平台。策划人力资源管理变革不能走形式主义，必须从公司内部进行变革，从公司领导层和基层员工都要意识到人力资源管理的重要性，变通人力资源思维，加大对员工的重视，降低员工流失率。

策划员工的人才队伍建设是人力资源管理的重要内容。人力资源管理要想取得良好的绩效，关键内容就是加强队伍的建设，提高人才素质，改革内部的人才队伍结构，使之与企业的发展战略相契合，提高企业的人才队伍建设。主要的做法可以采取加大培训力度和提高薪酬管理等方法。需要定期或者不定期地举行员工内部的培训活动，提高员工培训效率，加强员工的工作技能。同时还需要完善薪酬管理，采取多元化的薪酬管理方法，围绕"多劳多得，少劳少得"实施薪酬管理方案，建立公平公正的薪酬管理，不亏待每一个为企业付出的员工。

联合中国管理案例共享中心成立竞争战略教研坊，学习中国本土经典商业案例。竞争战略教研坊不仅可以成文知识资源库，更是助推产学研一体化的实战共创平台。通过打通产学研各个环节，在输送鲜活案例的同时，还能使员工所学知识更适合企业需要；同时促进智库在咨询实践中总结提炼的新知识、新方法在更广范围应用，助力更多中国企业的差异化竞争和中国管理理论发展。

关于企业文化的构造和建设。基于员工层面有很多员工会有抵触心理，加上对旧的企业文化的改革，可能会遭到自身利益的损害，所以个人层面上很大程度会受到很大的阻力。从个人层面来看，很多员工由于受到原来企业文化的利益而抵触新的事物，拒绝接受新的文化改革，因此，通过培训可以以循序渐进的方式提高员工对新文化的接受程度。并且在培训过程中培养员工接受新事物的能力，以及教授员工新的技能和引进新的思想观念等，从而改善员工对新文化的接受度，并且培养员工对新文化的认同，增加员工的工作满意度和对组织的工程忠诚度，有利于企业文化的改革。

专业能力进化。通过复盘，不断迭代出相互关联又层层递进的人才培养三部曲：第一步构建能力体系，鉴定出能够获得成果的能力模型；第二步构建课程体系，将知识管理中心的知识产品与第一步中的能力模型相匹配；第三步将人与能力、知识三者匹配，形成一套"谁应该学什么""应该跟谁学什么""应该在什么阶段学"的训练体系，最终实现从理论知识到实践能力的进化。

几本书中，我还领略了王志纲老师的文采飞扬。我更敬佩王老师能在上大学期间读了7遍《资本论》，追溯其源头活水，或许王老师今日之智慧是从博学中活学活用的结晶。熟读《资本论》，或许正为王老师日后得心应手的方法论打下了坚实基础。我也因此萌生了一读《资本论》和择机研究一下三大家的想法。正所谓：路漫漫其修远兮，吾将上下而求索。

本文结合了看过王志纲老师《战略》一书有感和智纲智库的成功案例以及国内外知名企业战略的分析和我本人的一些见解，我所理解的暂时还只是停留在概念的层面。实际为一个企业乃至于政府制定详细的，周到的，且可行的成功策划是并没有这么简单。我认为必须经过千锤百炼，身经百战，不断学习总结，才能形成一套套行之有效的可行方案。且，从事策划工作，势必须具有敏锐的思维及触角，必须不断进取，不断走在创新的路上，思维及行动都必须具有前瞻性，才能跳出旧模式跨入新的超越。所以，从事战略决策研究工作，我认为每一天都是新的挑战。能激发潜能及思维的细胞。假以时日，我若能发挥所长，结合我在国外留学五年的见闻学识，中西合璧，让我们东方的智慧能被世界所用，将是多么美好及广阔的天地。故，我希望能有这样的机会，加入这个智慧的策划团队，成为智库的一份子，参与实践中学习，开阔自己的视野和格局，创造和贡献自己的人生价值。

（此文为2021年大闺女代妍从澳洲研究生毕业后回国求职志纲智库深圳公司时按要求写的入职读后感，由本人指导完成，由于代妍从高中开始已近十年时间脱离了中文环境，只擅长说写英文及论文，对中文学术论文或读后感觉得无从下笔。为此，在我的带动之下，母女俩于2021年国庆假期前后在家一起埋头苦读了两本王志纲老师写的书后才完成了这篇读后感，最终令小女代妍成功入职志纲智库。感恩这段经历，让母女共同学习，一起进步。所有学习及成长的过程都是人生之路的财富。）

情满香山

　　当年，中山的高绿化率及碧水蓝天吸引了我来到了这座文化底蕴厚重的小城。

　　1995 年的初秋，我到北方办理完婚礼直接奔赴伟人故里香山安居乐业。我的孩子都生于斯长于斯。初到中山火炬开发区张家边，到处可见空置土地和零星的楼盘。当时我们上市公司一位领导指着张家边最高端唯一在建的电梯商住小区国祥花园城对我们说：我们公司老板在这里买了一整栋 50 多套物业，好好干，高层管理员人人有份在此享受分房。好哇塞！太吸引人了，那可是多少人梦寐以求的呀。我们先住在公司干部宿舍努力工作着，都期待着早日分房。殊不知，国祥花园城却成了烂尾楼，迟迟未能交楼。公司为了安抚首批干部，1997 年初就以预支部分工资方式协助大家在国祥花城附近以一次性付款方式购买了康乐园的楼梯商品房。大家心满意足地埋头苦干，踏踏实实地安心工作并按月偿还公司借款。当时是没有商品房银行按揭这一说。除了机关单位职工分房，市面上为数不多的商品楼是必须一次性付款购买的，当我们于九十年代就在美丽的中山拥有了第一套属于自己的商品新房时，自是令所有的亲戚朋友羡慕不已。我难免心中自豪感爆棚，无比感恩了许久。

每年的 3 月 28 日，都是中山市政府隆重的招商大会，九十年代末，我有幸代表公司参加过两届在港岛国际会展中心举办的招商会及晚宴。高规格的安排及奖励，令我无比激动感恩，至今难忘。并暗暗下定决心，一定要为中山的发展尽心尽力。于是，在中山一待就是几十年如一日。

中山每年的优秀外来员工评比和奖励制度，也深深地激励着我们一路努力前行。以致吸引了我整个家族的数十位亲人们，纷纷随我来到中山安居乐业。

中山先后获得"全国绿化先进城市""全国城市规划管理先进单位""全国园林城市""联和国人居奖""国家卫生城市"等一连串国家荣誉。中山每次载誉归来，我都会无比激动，心花怒放并扬眉吐气地与城同乐。

中山的传统优势产业灯饰，家电，红木，服装，五金……都曾经创造过傲人的成绩，我能在中山的发展时期到家电等实体行业深耕了数十载。倍感荣幸。一切过往皆为序章，我时刻提醒自己，未来仍需不断学习中前行，做个活到老学到老的人。

人无千日好，花无百日红，城市发展及提升也如逆水行舟，不进则退。当看到我的第二故乡昔日我引以为傲的广东"四小虎"之称的中山，近十多年经济及发展不断被周边城市超越，我心里那个急呀，五味杂陈中仿佛夹杂一些恨铁不成钢的无奈。

几十年斗转星移，数十年沧海桑田，尽管早已物是人非，唯我对中山的深情不变，我依然爱恋着这片美丽富饶的宜居沃土，荣辱与共，日久天长。如今，仿佛已燃起大湾区几何中心概念的阵阵雄风，满心期待中山的明天会更好，期待中山能再创辉煌。

梧桐花开的时候

　　漫山遍野的梧桐花开之际，我又踏上了回家乡的路。小时候听大人讲过，梧桐花开，春之将尽。

　　记忆中，外婆家的大山里面，梧桐花是最美的。每逢农历三月末之后去外婆家的路上，老远就能看见灌木丛中片片白花，远看洁白无瑕，近看花团锦簇，芳香扑鼻，沁人心脾，当春风轻拂，洁白的花瓣便纷纷飘落满地。

　　小时候，梧桐山下，溪水缓缓，清澈见底。梧桐花开之际，便可看到小溪的小虾成群结队，出来春游。逢此时节，我便和小姨结伴，带着簸箕，挽起裤腿，到河里捞小虾，手把着簸箕手柄放在前面，人在后面逆水向前快走几米，再提起簸箕，便能捞到无数活蹦乱跳的小虾来，我便和小姨欢呼雀跃起来，赶紧把小虾倒进装好水的脸盆里。半天嘻嘻哈哈的工夫，便能捞一两斤虾米及个别小鱼回家。当然，我们回家的时候，我和小姨的裤脚早已湿透。我都会三步并作两步，兴高采烈地手端战利品，赶紧回家邀功请赏。我老远就扯开嗓门叫："阿婆！阿婆！快来呀！我们捞到好多小虾回来哟！"外婆就会笑容满面地赶紧迎接过来，先摸摸我的头，再接过虾盆，说："哎呀！涯个细满子十分外哟！涯满子最外哟！（客家话：我的小宝贝真棒哦！我宝贝最棒哦！的意思）"这可是我记忆中最受用的一句话。这一声赞加头上被外婆抚摸的温情，我心里早已乐开了花，美滋滋的。这一声赞，如一股暖流，一直温暖着我的心田。仿佛已是童年的最高奖励。

在四十多年前，食不果腹的年代里，春天的偶尔一顿韭菜炒虾米，是最上等的美味了，足以回味一生。

物是人非，小姨嫁到了很远的地方，外婆也去了遥远的天堂，我也早已离开家乡。

那年，也正是梧桐花开的时候，天空下着连绵的雨，外婆仿佛是在梧桐花香的接引下，永远地离开了我们。

如今，偶尔去一趟已没有外婆在的外婆家，只有在大山留守的舅舅一家，青山依旧在，梧桐花依然，小溪却早已看不见成群结队的小虾。

梧桐花开的时候，我又来到外婆家的小山村，眺望着满山遍野的梧桐花，我仿佛听见了我和小阿姨当年在小溪捞虾时的欢声笑语，也听见了外婆当年夸我的声音，仍久久在山谷回荡。

如诗油画林

"弱水三千，只取一瓢饮"最是让我自小耳熟能详，无论是出自《山海经》还是《西游记》，不管是出自《佛经》还是《红楼梦》。总之，一直感觉弱水就是在仙境，在梦境。不然，为何总在古老的传说中出现？这句话不光是我一直对爱情的向往。我更愿意理解为：不奢望，不急不躁，以得之我幸，不得我命的勿以物喜，勿以己悲的生活态度。没想到，今日之我，能亲临遥远而古老的弱水河畔，并在它的旁边欣赏胡杨林之中的一片油画林。踏上小木桥跨过曲折蜿蜒的弱水河，我们来到了传说中的油画林。胡杨正用尽全力只为绽放 21 天的灿烂。终究还是等来了我，果然没让我失望。不早不晚，一切刚刚好。已美到令人窒息，无可挑剔。

今日天公作美，晴空万里。油画林已游人如织。胡杨林中的油画林俨如天然的艺术殿堂，老树新枝盘根错节，千姿百态。或苍劲挺拔，或傲骨凌然，到处可见豪气冲天，已穿越百载千年的英雄风骨。年轻的胡杨却有如风情万种的妩媚女郎，任由枝叶在寒风中翩翩起舞，金黄的叶子耀眼夺目，显得格外娇美动人。细观发现，一些胡杨树上竟然有三种形状的叶子。秋风飕飕不绝声，落叶飘飘悠悠舞，阳光下，一片金黄色的海洋正熠熠生辉，呈现在眼前的，分明是秋天里的童话世界。

油画林中多姿多彩的大姐妈们也是一道靓丽的风景线。此时非节假日，出来游玩的大多数是有钱还有闲的大爷大妈。来自五湖四海的大妈们更是奇服异彩，丝巾飞扬，摆手弄姿，各领风骚，各种抓拍。分明是时装秀，色彩秀，动作秀……仿佛正在举办一场如画如诗的视觉盛宴。我也是妥妥的视觉动物。我常常被一些大妈的穿戴或优雅姿势迷住，驻足观之，阅尽人间百态及美好，秀色可餐也！

我们在油画林中流连忘返。我想，如果有机会，我会携手爱人再来。让自己置身于诗情画意里，浪漫情怀中，抛开世间一切烦扰，让思绪在金黄色的童话世界中尽情飞扬。

（2021 年 10 月 15 日于弱水·金沙湾胡杨林中的油画林）

游泳之殇

　　我希望自己有朝一日能像小鱼儿一样自由自在地在那河水里游。这是我儿时就种下的梦想之树。我发誓，我必须消除恐惧，我必须学会游泳。我也一定能学会游泳。尽管岁月悠悠，尽管我一日打鱼十年晒网似的，几年也没下过一次水，梦想并没放弃。事到如今，我终于还是学会了游泳。我命中五行多水，我是极度恐惧水的。心有阴影，也必然事出有因。

　　小时候，大概从上学前班到上小学三四年级这四至五年期间吧，一到夏天，我和同龄小伙伴们总是喜欢结伴到小河游泳，所谓的游泳，实际上是根本不会游泳的，只是纷纷扑腾扑腾纷纷跑到小河里，或一起坐在水里戏水打水仗，或趴在浅水里学学狗刨罢了。那溅起的一朵朵浪花，便是我们最容易获得开心和快乐的源泉。

　　可是，谁曾想到，我因此差点闯下滔天祸。

　　农村长大的孩子，小时候，放学回到家，当然是必须做饭干家务活的，我也不例外。

有一天放学回家路上，我已和几位同龄小伙伴们约好回家放下书包后到河里见，但是，我每天放学回到家的任务是必须把晚饭做好。我想去游泳玩水心切，赶紧到厨房架起木柴生火做饭。一顿手忙脚乱。灰头土脸的好不容易把小火炉的火给吹着了，急急忙忙把做饭大铝锅往炉上一放，就一溜烟往小河边跑。不光锅底忘了放水，里面隔水蒸饭的饭盆也只放了米，忘了放水。通常蒸饭期间可以安心玩上 40 分钟到一个小时回来，柴火燃烧完，饭也就好了。

等我游泳回到家。老远就听见我妈正声嘶力竭地在咒骂并倒水扑火，厨房已经冒出滚滚浓烟。锅底已经烧穿，米都烧焦着火了。从小火炉上掉下来的木头已经点燃了厨房的小柴堆。要是发生火灾，那可就火烧连营了，好几家叔叔伯伯的房子都是连在一起的。完了完了，我脑袋嗡嗡作响，胆战心惊地跨进家门，我妈见状，气打一处来，拿起木棍就要打我，惊魂未定的我撒腿就逃，一溜烟，跑得比兔子还快。直至晚上也不敢回家吃饭，最后是奶奶从房屋后草堆里把我找出来并护送回家，我才躲过了一劫。

这次经历，仿佛是儿时的一场噩梦，从此，我再也没敢去游泳。

成人多年以后，直到 1996 年的夏天，下午下班后，我第一次随同三位会游泳的人去了一趟中山市京华酒店露天泳池游泳，实则我是想盛夏里跟着会游泳的人去泡水降温，觉得万一自己在成人泳区溺水，他们也能救我，肯定是安全的。结果带我去游泳的其中一位简直是"魔鬼"，明知我不会游泳，看我一直站在泳池边沿泡水，他却突然游过来，把我的头猛地往水里面按住，不让我抬起头来，我恐惧万分，吓得在水中不断挣扎及呛水喝水，当时感觉对方要谋杀我。后来他松开手，我都不知道自己喝了多少泳池水，才从 1.5 米深的水中挣扎着爬起来逃生的。伤心恐惧交织，这又是噩梦一般的恐怖经历，"魔鬼"当年的行径，我到死也忘不了。我至今也没想明白他当时的动机，为什么要如此伤害我。仿佛有什么深仇大恨似的，让我仿佛度过了人生中一大劫难。从此，我几十年见到水就害怕，担心会被人谋财害命推下水去命丧黄泉。但凡外出需要水路交通，我生怕会沉船被淹死。一见到大江湖泊或海水，我就仿佛走到了生离死别的边缘。

近知天命之年，如今，我终于下定决心请专业私教教我游泳。因为我想挑战自己克服对水的恐惧同时锻炼一下身体。经过每天下午学游泳一个小时，共学了八个小时，我终于成功出师，其间虽然有几次呛过水，但有教练和救生员在身边保驾护航，有惊无险，都说不喝上几口泳池水，是不可能学会游泳的。每次学游泳之前，我一再叮嘱教练和救生员，务必盯紧我，若发现我在水中挣扎，必须马上跳下来及时救我，教练和救生员都笑我说："从来没见过这么怕死的人。"呵呵！我当然怕死，上有老下有小都还离不开我，更何况人若死了，钱没花了，也没来得及好好享受，多可惜呀！

如今，我终于能自由自在地在水里游。感觉今年最大的成就和收获非此莫属了。感恩教练的同时也感恩勇敢挑战不断进步的自己。

赏牡丹之旅

　　心心念念几十年，一直想去洛阳看牡丹花，因种种原因，至今未能成行，如今，我和大闺女妍儿刚好一起忙完手头上的一单生意，又恰逢牡丹花开的时节，吃过晚饭，我对妍儿说："咱娘俩来一场说走就走的旅程吧，你未来一周的工作，就是陪我去河南洛阳及郑州赏牡丹看古迹，你做我导游及助理，旅途的衣食住行全部由你来安排吧！"妍儿笑着赞同。

　　当晚就买好了第二天一早从珠海飞郑州的机票，全程的所有安排由妍儿有条不紊地妥当安排好了，我成了甩手掌柜，只管跟着走。我不禁感慨万千，妍儿真的长大了，我已有近十年没和她一起出游了。小时候，从她两三岁开始到她16岁期间，但凡节假日，都是我带她全国各地及国外去旅游，她就像跟屁虫一样粘着我，后来她出国留学后，就再也不愿意跟着我们家长去旅游了，她已经有了年轻人自己的圈子。而如今，她已经长大成人，并终于懂事了，成了我贴心的小棉袄，我倒成了她的跟屁虫，让我全程幸福感爆棚。

从龙门石窟到少林寺，从白马寺再到神州牡丹园，从国际牡丹园再到应天门洛邑古城，从参观洛阳博物馆再到明堂天堂看夜景，还欣赏郑州玉米楼最美夜景。为期五天，行程衔接得紧凑有序，全程开心自在。

此行最让我流连忘返的，自然是两个各有特色的牡丹园。行程第二天来到神州牡丹园时，有近半区域的花儿已经开始败了，应该步入了花期的下半节，老远还是能看见到处人头攒动，牡丹雍容华贵的身姿，娇俏艳丽的花朵，纷纷散发出迷人的芳香，已把国色天香展现得淋漓尽致。牡丹的形大鲜美，仪态万方，色香俱全，热情奔放，已足于冠绝群芳。令我叹为观止。我和妍儿时而俯首闻香，时而相互拍照。欲把时光定格，拥香入心。心情早已随花儿怒放。

试问，有谁会不喜欢牡丹花？谁又能拒绝美的诱惑？既然专程为牡丹而来，看一个园子怎能过瘾？所处区域地势温差不同，花期也有所不同，听说，当下全洛阳花期最美，开得正盛的是国际牡丹园，于是，第三天，我们一早就奔赴国际牡丹园。该园占地达 140 亩，有 300 多个国内牡丹品种，还有法国、美国及日本等国外品种 100 多种，是中原地区面积最大的晚开牡丹及精品牡丹园，一来到园子门口和进入园子，就能看见到处都是穿着唐装及古代汉服的美女正三五成群，仿佛欲与牡丹试比美，婀娜多姿，飘逸灵动的美女们，着装尽显古色古香的韵味，引得我目不暇接，时而赏牡丹，时而看花间摆拍的古装美女，眼前开得正艳的浪漫粉色牡丹花间，一位着汉服的窈窕淑女在摆拍，回眸一笑百媚生，露出了两个甜甜的小酒窝，引来好多游客驻足观之，好一幅"罗衣何飘飘，轻裾随风还，顾盼遗光彩，长啸气若兰"的灵动画面，让我想起当用闭月羞花的成语来形容她，牡丹园中仿如穿越般静结合的亮丽风景线，简直是一场别开生面的视觉盛宴。我不光喜欢花，也喜欢看古装美女。

国际牡丹园中我看到了大大小小，形态各异的牡丹，有红，黄，白，绿，蓝，粉紫，墨等颜色的牡丹，还看到了稀有的黑牡丹，和混色牡丹。白色的牡丹是如此的圣洁无瑕，红色的牡丹是如此的热情奔放，粉色的牡丹是如此的神秘而浪漫。我置身在花的海洋，尽情地陶醉在花海的芳香中流连忘返，至少，当下，我感觉是活在了美丽的人间天堂。在妍儿的一再催促下，我才依依不舍地离开了园子。我跟妍儿说："反正我是还没看够的。听说山东菏泽的牡丹也出名，以后，我要抽时间到菏泽去赏牡丹。"妍儿笑着说："好吧！花痴妈妈，只要你开心就好。"

洛阳人自古以拥有牡丹为傲，得天独厚方拥国色天香，确实值得骄傲。"洛阳牡丹甲天下"的美誉也当之无愧。

（2023 年 4 月 19 日于洛阳）

爱在深秋

昨天，白天秋老虎还在发威，今日寒露，中午时分开车出去办事车内显示有 36℃，人都热得直冒烟。于是赶紧拉着大闺女妍儿游泳凉快去。我嘀咕着我们大广东的春秋是否早已停留在战国时期？一年仿佛有三分之二都是夏天，只有短暂的冬天。

已经许多年没有和妍儿一起游泳了，上一次估计是在她十多年前的初中阶段，深秋出生的妍儿，过几天即将迎来生日，如今已经二十好几。一米六五的个头，穿上金黄色的连体泳衣，戴上反光防水泳镜和防水帽，白皙的皮肤，水灵灵的样子，已出落得亭亭玉立，我不禁偷偷多瞄了几眼，青春真好啊！

听老人说，秋天生孩子坐月子，对大人小孩都是最好的，因为不光吃得最好，天气也是最好的，当年为了让妍儿能在秋天顺利出生，真是煞费苦心后才终于如愿。感恩妍儿深秋到访，伴我走过人生的每个春夏秋冬。

一年四季，我最喜欢秋天。我喜欢家乡秋天的凉爽，更喜欢家乡秋天丰收的喜悦。秋天的花生比春天种的花生格外清甜，秋天种的大米比春天的较香软，秋天也是红薯芋头和水稻成熟的季节。我最喜欢的野果山捻子和野柿子也会在秋天相继成熟。这些也是我喜欢秋天的理由。

我喜欢秋天的静美，秋天犹如人之中年，已成熟稳重。秋天令色彩斑斓成了定局，已让大自然如诗如画。更是我爱它的理由，秋天里最爱的颜色是热烈的火红色和纯粹的金黄色。秋天高山上的红叶，秋越深叶更红，像极了如火的热情。当深秋的胡杨和银杏披上了浪漫的外衣，已让大自然满城尽带黄金甲。纯粹的金黄色，总是透出一股梦幻般的美。

深秋是多情的季节，天很高很蓝，蓝得迷人，总是邀来洁白如雪的浮云作伴，让自己在远方不再孤单。秋天的晚霞和火烧云，更是能让我遐想联翩。小时候，望着红透半边天的火烧云，我曾担心是太阳的炙热已把天宫点着了火。黄昏的晚霞像一幅美丽的水墨画，更像是天空最美的霓裳。

小时候，我最喜欢秋天的夜晚，皎洁明净的月光下独自在家门口的小河边漫步，眼看月亮总是在跟着我走，触景生情哼一曲"月亮走，我也走"的歌儿。晚风轻轻吹，小河静静流。我想让悠悠的歌声能穿透那迷人的夜色，任思绪尽情地在夜空中遨游。

秋高气爽，牛羊肥壮，吃羊进补正当时。秋风起，虾蟹肥，又是品鲜好时节。香甜的板栗成熟了，来一锅香喷喷的板栗煲鸡。油黄的南瓜成熟了，赶紧摘回家来一盘蒸排骨。秋梨，柚子，葡萄，石榴，橘子……前赴后继，迈向了成熟，纷纷为人间无私奉献出美味，秋天，注定属于吃货的季节。色香味都在秋天里有最好的呈现。

我承认，我是爱秋天的。更爱深秋，不光因为秋天诗情画意的美景，更因为秋天诱人的美食。妥妥的一枚吃货！

（壬寅年深秋于香山）

缘来少林寺

"日出嵩山坳，晨钟惊飞鸟，林间小溪水潺潺，坡上青青草……"郑绪岚的一曲少林寺电影插曲，歌声悠悠，伴我从儿时至今几十载，我也时不时会哼哼此曲儿。此行目的地本来只是计划到洛阳看牡丹，没想到无意间来到了少林寺，有缘总会来，无需预约。

出行第二天，途经众多的武术学校后，我们来到位于中岳嵩山腹地的禅宗祖庭少林寺，寺院门口的武僧雕像栩栩如生，正是儿时所看电影少林寺里功夫了得的武僧模样，是那么的熟悉。记忆中的少林武僧个个身怀绝技，还以德服人，站在雕像下面，仍令我肃然起敬。

景区里里外外人山人海，尤其是上卫生间的地方，队伍更是神龙见首不见尾。个个慕名而来的善男信女都显得格外虔诚。到处都是烧香磕拜和捐香火的菩萨身影，仿佛都希望能得到古寺加持庇佑。心诚则灵，据说到少林寺求健康和长寿最灵验。

记得小时候，我看得最多的就是少林寺电影，当年有关少林寺的电影是最火，收视率最高的一类电影，红遍了大江南北，电视也不断重播。我反复不知看过多少遍，好像百看不厌。小朋友一起玩耍时，聊过最多的也是这部电影。少林寺剧情一度是我们那一代人当年最感兴趣的话题。

进入这座殊胜的千年古寺，清晰可见康熙大帝御题"少林寺"悬梁高挂，牌匾正中的"康熙御笔之宝"印玺彰显出它的神圣。还有大唐天后武则天御制诗书等等历代皇帝留下的印记。寺内建筑物和古树都充满着饱经风霜的痕迹。虽古色古香，但经过一代代人的呵护和修缮，感受不到衰败的气息，藏经楼里，珍藏着不知多少古人的笔墨，都在诉说着它的神秘和久远。

经过方丈室，门口一副对联格外引我注目：永远继承祖庭弘扬正法，信愿勤修圣果普度群生。藏头两个字正好是高僧大德释永信之名。只见大门紧锁，当下闻名的释永信方丈应该已经外出了，无缘见上一面。我把对联拍下来随手发给了恒正师兄，虔诚的师兄马上转来333元，让我当场代交供斋供养三宝。博学心善的师兄长期在做法布施和财布施，修行已越来越高，是我所望尘莫及的。

早知少林文化是我国传统文化之瑰宝，"少林三宝"禅，武，医则是少林文化之精髓。我小时候即几十年前，偶尔可以看见有和尚走街串巷兜售称少林寺出品的狗皮膏药，那时候每家每户的大人都会买一些放在家里备不时之需。据介绍，少林膏药是千百来传承下来的，对治疗各种风湿病，关节炎，跌打伤等有神奇疗效。所以，今日缘来少林寺，怎能不带点膏药回去？于是，我特意到少林寺的少林药局买了一堆狗皮膏药带回来做伴手礼送给亲友们。希望这传说中的灵丹妙药日后能帮到有需要的人。

随着人流来到少林寺功德无量的塔林，看到不同朝代，大小形状不等，造型各异的墓塔林立，这些宏伟的建筑群很是令我震撼和心里肃然起敬。我仿佛看见了千百年来千千万万的高僧大德正排列在此，接受着我们子孙后辈神圣而庄严的朝拜。

千年等一回，缘来少林寺。无意中竟圆了儿时的少林梦。看到悟到，感恩当下，一切都是最好的安排。

（2023 年 4 月 20 日于登封市）

心似莲花开

多少回梦见莲花盛开。在梦中，我已化作菩萨那朵莲。我站在水中央，心无杂念，当菩萨轻轻地飘落在我的心坎，我只管静静地绽放。

盛夏时节，"接天莲叶无穷碧，映日荷花别样红"。注定载着我满心的期待，多想，迎着高远的蓝天白云，乘着徐徐的微风，携手我爱，漫步在茫茫的荷塘小径，去纳一夏的清凉。

已记不清有多少个夏夜，我都在揣摩着文人墨客的莲花颂，咏荷篇。莲花娇媚的神韵和灵动的清静，又曾打动了多少人儿的芳心？是歌？是舞？是画？是吟？随君所欲也。

高贵的人，人生如莲，出淤泥而不染。无论怎样经历风雨和磨难，总是挺胸抬头，做谦谦君子，坚强不屈中亭亭玉立。有的人生，则如莲子，尽管心里很苦，也不肯说出来，把所有苦难深埋心间，默默地承受。莲花如报喜不报忧的人，总是把最美好的一面展现给了世间。

浑身是宝的莲呵，总是默默地奉献出所有。猪肚煲莲子，可是我们客家人的最爱。也是待客的上等佳肴。来一份莲藕煲猪骨，藕断丝连时的粉粉口感，也是我一份深深的纯真爱意。如丝如缕，绵绵不断。

当一朵朵莲花，已化作一举举莲蓬，多想踏上碧波荡漾的孤舟，摘下清甜可口的莲子，滋养内心的荒芜，让幸福的芳香载我随夕阳归去。

又怀念起几年前我在后花园养过的一缸紫色睡莲来，旭日东升之际，待我踏入园子，呼吸着天地之灵气。看它们伸着懒腰，慢慢地绽放芳华。太阳落山之际，我回到家，它们已纷纷地闭上了眼睛，轻轻地睡去。睡莲总是静静地享受着夜的孤独和寂寞。

如今，我又脚踏晨光，随清风徐来。置身荷园，正聆听着花开的声音。一只翠鸟飞来，落在一片荷叶之上，已让晶莹剔透的水珠激荡着我的心田。夜晚，我多想偎依着星辰，枕着莲花的清香，构思出一首醉人的神曲，然后在花间翩翩起舞。韵律悠然，只见你左手把一盏明月，右手来一杯香醇，敬完地久天长，已醉倒在滚滚红尘。

尽管尘世间有诸多烦恼，圣洁的莲花，总是能带来一股沁人心脾的清凉。祈愿你我均能带着一颗慈悲心，当心中只有真善美，才能放下世俗的纷纷扰扰，忘却人间沧桑，过上禅意的生活。当念如菩提，方能心似莲花开。

华山行

泱泱华夏，秀美山川耀神州。最具代表性的三山五岳，我从小就心往神驰。几十年来，我每年都会想办法抽出几周时间，分几次出去透透气，寒暑假则带娃同游，其他时间则邀上闺蜜或表妹一起出行。美其名曰：去充充电，长长见识。实则云游四海，感悟人生。一番番春秋冬夏，东游西逛，走南闯北，也是去过了大半个中国，到过十几个国家。如今，我国的三山五岳名山中，只有华山和雁荡山没有去过了。今年，我早早就约了好友月檬暑假一起带娃去华山。

我们提前半个多月买好了票，做好攻略，待两个娃一放假，我们第二天就开溜。以旅行社私人定制，4人一车一导游的小团，自由行方式来到古都西安，想让两个发小在假期聚聚，一起放松放松，上学已"卷"得太累，放假该让孩子们开心游玩。顺便学习人文历史，了解唐宗宋祖。当然，也是想让两个娃陪同两位母亲大人一起登华山，以了却一桩心愿。

我们安排回程前最后一天登华山。为了避免路上塞车和山上的索道拥堵，我们早上五点半就起床出发了。莫道君行早，更有早行人。当我们来到景区门口排队坐景区接驳巴士再到西峰山脚下排队坐索道缆车时，到处都人山人海，排起了长龙。一天中，光上山下山乘坐交通工具的排队时间就花费了三个小时。

终于坐上索道的车厢。当索道从悬崖峭壁之上快速滑下，我们全车厢八个人都纷纷尖叫起来，胆战心惊，惊险刺激充斥着我们的感官。我们都不太敢看脚下，只能极目远眺，蓝天白云之下，群山环抱，华山的奇，险，峻，秀尽收眼底。一座座陡峭的山峰，惟妙惟肖，千姿百态。有的岩峰挺拔伟岸，虽不见奇花异草，却不拖泥带水，华山具有刚正不阿，坦坦荡荡纵横于天下的雄性之美。有的岩山笔直得像一把利剑，直插云端。越是往上，奇险见长，在索道上的我们一直惊呼连连，激动不已。

为了能轻松一些，我们选择了索道西上西下原路返回策略。第一站，听说是最美的景点西峰，可就差那么二十多米远，人多得实在挤不上去了，终于深切感受了什么叫"自古华山一条路，奇险天下第一山""一夫当关，万夫莫开"的境地。我们只好在道家的翠云宫前逗留片刻，只见宫前屹立一座石瓣如莲花的"莲花洞"，洞旁刻字有楷隶篆草，各显神韵，仿佛都在诉说着历史的创伤和久远。

远看南峰，貌似上山的道上还没有那么多人，于是，我们赶紧前往。峰腰树木郁郁葱葱，秀气充盈。虽然石级难爬，好在道路阴凉，爬到气喘吁吁的时候，中途右手边看见一块"华山论剑"的石雕，正围着一群轮候摆拍的人士。只见一位七尺男儿，着灰衣布袍，英姿飒爽地手持"宝剑"在摆 POSE，让我仿佛看见了金庸小说射雕英雄传笔下的大侠。明明华山论剑是在北峰顶，从山脚到山顶，一路上还是见到有几处"华山论剑"的石雕，或许是为了满足当下普罗大众摆拍打卡的需要吧？我一手抓住绳索，一手紧紧拽娃，一路向前。在南峰极顶前的仰天池西侧，遇见一棵三百六十岁的网红迎客松。它孤立于悬崖上，笑傲着江湖。驻足观之，我仿佛看见了华山的魂，苍劲有力的迎客松正昂首挺胸展开双臂，欢迎着八方来客。此松充满着一股飘逸的灵气，美得如诗如画，如梦似幻。都说黄山迎客松最美，我看此松与彼松完全可以相媲美。险要的山岩，路难行，简直难于上青天。我攀爬到两腿发软，终于到达最高峰南峰。南峰又名落雁峰，传说连大雁都要在此歇息才能飞过去的地方。所以，我不歇怎能行。当我爬到山顶时，已经瘫倒在地。先休息片刻，等缓过劲来才能欣赏四处美景。

登临绝顶，一览众山小。护栏之内，见天地之悠悠，大地之空阔。当下顿感心无挂碍，无有恐怖，已远离了颠倒梦想。正逢伏天，云淡天高，山之巅，阵阵微风略过云端，却丝毫不觉夏的燥热。感受着内心深处的一片宁静和清凉。高山流水，本是绝配，也是诗意，自上而下，尽管我努力四处张望，竟然全程没有遇见流水，略感遗憾。

由于担心两个娃娃体力不支，我们没有去北峰，也没敢走太危险的线路。没看华山的日出日落，留下一些念想，待下回分解吧！

虽然大西北的饮食根本不适合我们南方人，尽管导游和司机脾气都不太好，他俩之间时不时还闹点别扭内斗起来。可我和檬姑娘从不计较，感知着世间所见所闻中的点滴美好。感恩满满地带着俩娃开开心心地度过了每一天。特别感恩檬姑娘母子一路同行，这娘俩是我见过脾气性格最好的一对母子，值得我学习。开开心心的一周之旅，吃好玩好，自然是长肉肉的节奏，回家一番测量，我们都不幸长膘了。

常言道：读万卷书，不如行万里路。行万里路，不如阅人无数。人生本来就是一场旅行，如果条件允许，得幸能云游天下，便能在五湖四海中遇见众生，从阅人无数中去感知天下，包容万物。只要常怀感恩之心，心中才永远不会缺爱。华山行，满眼是柔和，处处皆风景。一切都是最好的安排。

（2023 年 7 月 16 日于西安）

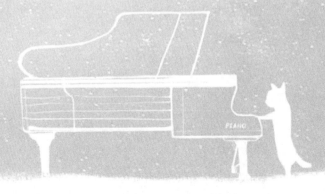

遇见美好 诗歌

— 第二辑 —

今夜只为等你

海子，今夜我在德令哈

海子，今夜我在德令哈

不为仰慕你而来

途经入住在此

纯属偶然

深秋之夜

茫茫大西北

寒风凛冽

巴音河西岸

到处吹拂着你的传说

你的一首

姐姐，我今夜在德令哈

早已让德令哈浪漫得不成样子

今夜

你和姐姐与我无关

仰望夜空

我寻思

世界这般美好

你为何让冰冷的铁轨

带走你丰富的灵魂

你短暂的一生

却如戈壁滩上

草原尽头

那颗划破长空的耀眼流星

面朝大海

春暖花开的那所房子

红尘中你来不及入住

却留给世人

永远的向往和遐想

年年春暖花开时

面朝大海的那所房子

已成人民心中永远的诗和远方

不知

天堂的你

是否已住进那所

本该属于你的心房

（2021 年 10 月 12 日于德令哈）

（2022 年 6 月《侨星》杂志刊登）

胡杨赞歌

晌午的阳光难挡深秋的寒意

西北风时而卷起阵阵沙尘

金黄的叶子迎风摇曳

心心念念的胡杨

已在秋风扫落叶的沙沙声中

为我奏响金秋的赞歌

惊艳了世界的英雄林

千姿百态续写着日月沧桑

借秋风诉说着千年的过往

醉了我的双眸

震撼着我的灵魂

倒影林中我在画中游荡

如梦似幻的金黄世界

已触及悸动的心弦

感动于今日相见

你已在此守望千年

铁骨铮铮的胡杨呵

饱经风沙雪雨洗礼

依然忠贞不屈

固守在千里边疆

你是沙漠中的英雄

已万古不朽

山一程

水一程

望穿秋水这一程

我用幸福的期待

终究迎来醉美惊喜

一眼千年

诉说这人间值得

（2021 年 10 月 16 日于额济纳旗）

（2022 年 6 月《侨星》杂志刊登）

凌霄花

画了一幅凌霄花

壮志凌云

直上九霄

仿如大哥的英雄本色

大哥说喜欢

赶紧精装奉上

皆大欢喜

大哥属龙，小妹属虎，

为此草拟对联两副：

凌霄花（张生红临摹）

鸟语花香

莺歌燕舞财源滚滚

虎跃龙腾喜气洋洋

花开富贵

莺歌燕舞迎春早

虎跃龙腾送福来

一枝独秀

孤独的第一朵牡丹

千呼万唤始出来

明明知道

一枝独秀不是春

万事却开头难

已憋不出第二朵

暂且就此作罢

一枝独秀（张生红临摹）

好事成双

进步中继续成长
两朵牡丹红红火火
两只鸟儿比翼双飞
且让好事都成双

好事成双（张生红原创）

呼唤春天

来吧

接二连三

借盛放的牡丹

我深情呼唤着春天

万紫千红总是春

疫情的寒冬终将过去

春天已不会太远

鸟语花香（张生红原创）

借这国色天香

我盼望着春天

我唤醒报春的燕子

我请来五彩斑斓的蝴蝶

姹紫嫣红最抚人心

我继续在百花丛中

寻找着美丽的春天

让多彩灵动的世界

为我打开心灵的出口

助我熬过这漫长的严冬

花开富贵(张生红原创)

梅兰的对白

壬寅年腊月初一的寒夜

我俩诞生在主人笔下

来得有些匆忙

还有些随意

却不得不承认

就咱俩的风骨

也挺般配

梅兰情深（张生红原创）

我是顶天立地一棵树

长在陡峭的山崖之巅

看傲骨凛然的我

正昂首挺胸

早把彻骨的严寒踩在脚下

已为你开满朵朵梅花

空谷有幽兰

深情地仰望着梅花

那可是她心中英雄啊

寒来暑往这抹香

正把一生的痴和柔情

化作淡淡的幽香

随风为他奉上

山谷的风吹响了和谐的乐章

日月星辰见证着海誓山盟

相似的灵魂就这样

静静地守望欣赏

默默地喜欢爱恋

相看两不厌

多好

幸福莫过如此

（2023年1月2日诗情意·远方诗歌文化传媒7"远方·书画摄影"专栏发表）

夕阳醉了

春暖花开

远离城市的喧哗

在浪漫民宿

面朝大海

举杯相敬感恩满怀

一敬天地博爱之恩

杯中饮尽人间烟火滋味

眼里的光

充满美好的期许

二敬曾经的不易

生活的一地鸡毛

如陈年的酒

微笑着一饮而尽

三敬未来可期

乐活在当下

感受着生活的温柔

已天时地利人和

优哉游哉

面朝大海

春暖花开的傍晚

看远处

夕阳醉了

（2023 年 3 月 16 日于深圳大鹏）

（2023 年 3 月 26 日《梅州日报》刊登）

春天的故事

曲径通幽的南澳

海风吹拂着

光阴荏苒的过往

来看惊涛拍岸

想听海哭的声音

当一回倾听的使者

沧海桑田的画卷里

满眼是海天一色的蓝

温柔的暖阳

如悸动的少女

孕育着蓬勃生机

听

和煦的春风

已送来大海阵阵欢声笑语

海浪亲抚着岩石

一遍又一遍

诉说着春天的爱情故事

我在悬崖之上

眺望深思

问世间

情为何物

谁见过海枯石烂

（2023 年 3 月 16 日于深圳大鹏）

（2023 年 3 月 26 日《梅州日报》刊登）

一束光

你是一束光

无意中闯进了我的生命

瞬间照亮了我前行的路

我卸下装满伤痛的行囊

抖落满地的忧伤

挥手告别了迷茫

我迎着风

紧随你

理想如你

活成一道光

照亮别人

也温暖自己

待我把生活的支离破碎

一地鸡毛

都融化在这束光里

（2023 年 4 月 26 日《梅州日报》刊登）

见或不见

你心里

筑有一座城池

安放着父母不死的灵魂

你说拒绝风雨入驻

好让黑夜始终拥有一轮明月

永远照亮父母回家的路

你心里

种着十里繁花

拒绝季节的交替

让多彩的菊花

永远盛开在父母窗前

在花间

鸿雁飞翔

鸟儿无惧悲伤恐吓

早已捎去你的片片思念之情

你心里的城池

驱逐了大海星辰

赦免了光阴岁月

收藏着对父母的深爱无疆

孩子

此城在你心里

见或不见

父母始终住在你筑的城里

你说

清明前夕

你总情绪不安

你说

清明前夕

你总喜欢独处

姐知道

你又在思念天堂的父母

上帝不公

让你姐弟俩早早成了孤儿

你们分别立足广深一线

奋发有为

你们是父母的骄傲

远在天边

父母早已九泉含笑

奔跑吧

孩子

见或不见

父母永远在你心田

佑你们平安吉祥

（2023年4月26日《梅州日报》刊登）

致微尘

乍到禅意小镇

置身人间烟火

驻足看骄阳

携一缕火辣辣的夏

让思绪随高温升腾

没多少流年可以挥霍

不要情深缘浅的对错中纠缠

每一个梦醒时分

别忘提醒自己

当插上重生的翅膀

继续展翅翱翔

白天看红尘繁华喧闹

夜晚守住一盏心灯

独享人生安然自若

掌舵着快乐的帆

微微一笑

又划走了一天

眼里有光照耀

才能翻过了绿水青山

洞见繁花似锦

感受沿途风光无限

待夜幕降临

邀一轮明月

唱一首动情的歌

《愿为你》

已触动了尘封已久的心弦

勿忘

纵然大地一微尘

也要带着虔诚的心

持着佛根

打着禅修的旗号出发

朝着圣洁的天边

去沐浴高贵的灵魂

（2023 年 6 月 6 日《梅州日报》刊登）

国恩寺

灵秀的国恩寺
燃着生生不息的
万世香火

六祖的佛光
照耀着神圣大地
千年的佛荔
是大师留下的一片念想
年复一年
已结下无数慈悲的果

我徘徊在圣地
转山转水转经筒

敬上三炷香

祈祷佛祖加持

让心灵在破晓时皈依

山谷散发的灵气

随风抚慰着凡尘俗子

迈入佛门

木鱼声声慢

我已找到心灵的家园

（2023 年 6 月 13 日印尼《千岛日报》刊登）

父亲

父亲瘫痪在床

家有妻女围绕在身旁

父亲的父亲

却一去不复返

已住进了天堂

雷打不动

每年替父亲

去看望他的父亲

家乡的山那边

便是天堂

如今

又来看望父亲的父亲

善变的天空

迎来了夏日的阵阵狂风骤雨

雨滴如断线的泪珠

正把满腔的伤悲

密密地砸进了泥土

渴望慰藉的墓碑

尽情地与风雨相拥

坟头的杂草

酷似父亲永恒的痛

总是随他的思念疯长

四季的雨

都是那流不尽的相思泪

阴阳两隔的别离苦

已化作虔诚的心

待我到坟头年年叩拜

(2023 年 6 月 26 日《梅州日报》刊登)

因果

道德沦丧的人

与禽兽何异

尽管道貌岸然

当肮脏的灵魂附体

已注定不再是人

披上羊皮的狼

便是人间恶魔

已烈日当空

把肮脏的灵魂扯出来吧

丢在钢板上

暴晒在烈日之下

让强烈的紫外线

杀死每一粒邪恶的细胞

几乎烤焦的灵魂

蜷缩成一团

似乎看到了他的惶恐

当夜幕降临时

扭曲的躯壳

借着虚伪的外衣

又继续演绎着无数的邪恶

年复一年

不能自拔

看吧

多行不义必自毙

怎能逃脱因果轮回

不离不弃

星星

静静地等待着

那轮明月

只要月来

星一直都在

月亮

或阴晴圆缺

若隐若现

飘忽不定

总是有些随意的任性

不管月亮

爱或不爱

星星

总是围绕在身旁

爱的

不离不弃

已化作永恒

乘着风

乘着风

满世界寻你

你到底在哪里

乘着风

你云游四海

无法安身立命

漂泊于志在四方

乘着风

各自梦里寻他千百度

或许方向不同

总是错过了相遇

乘着风

请放慢脚步

回头看

相逢已在灯火阑珊处

贵州行

　　阳春三月，春回大地，岁月正好，重出江湖，江湖路远，朝五晚七，披星戴月，驱车千里，初往茅台，寻酒之旅，天公作美，艳阳高照，车轮滚滚，财源广进，奔赴远方。穿粤过桂，直奔黔南。

　　黔有故人，大名金波，识于香山，情谊十载，仁义有礼，尊我如姐，此弟好客，若干年来，再三相邀，盛情难却。考察之际，顺道前往。

　　盘州兄弟，恭候多时，美酒佳肴，把酒言欢。光阴似箭，日月如梭。波弟财哥，相识香山，二十余载，深情厚谊，胜似兄弟，久别重逢，把酒当歌，酒过三巡，抱头揽颈，热情如是，波弟劝酒，财哥畅饮，乐哉快哉。

　　翌日十时，参观学习，纵控集团，高规接待，受宠若惊，民营名企，管理严谨，前景远大，纳税大户，不断创新，勇于担当，企业文化，值得颂扬，年轻瞿总，虚怀若谷，豪情万丈，口碑一流，名扬四方，亲朋好友，人恒敬之。

遵义珍酒，历史悠久，文化长廊，别具匠心，张总献忠，企业元老，管理有方，待客有道，彬彬有礼，善待宾朋，珍贵老酒，频频相敬。席间初见，铜仁花生，小巧玲珑，结实丰满，香脆可口，食之难忘，回味无穷，美酒绝配。欢歌笑语，此起彼伏，张总大气，当场表态，奉献极品，二零一一，滴滴金贵，琼浆玉液，芳香四溢，举座皆惊，欢呼雀跃，掌声不断，以示感恩。

朋友引路，驱车茅台，赤水河畔，美酒飘香，酱酒文化，源远流长。三渡酒业，雄居山上，酒香不惧，庭院深深，攀山越岭，崎岖难行，适逢周末，良辰吉日，国泰民安，筵席者众，张灯结彩，好事连连，车水马龙，水泄不通。山陡路窄，一趟来回，胆战心惊。

酣客君丰，初见老乡，春苑姑娘，温婉可人，乡音未改，似曾相识，虎虎生威，快乐相随，参观工厂，大开眼界，文创新颖，管理先进，守品如命，悬梁高挂，企业有魂，铸就大业，中午时分，幸会佘总，核心团队，学习交流，干货满满。好酒相敬，盛情款待，荣幸之至。

茶余饭后，驱车回程。贵州之行，收获颇丰。所见皆美，相识皆缘。感激之情，溢于言表。

（2022 年 3 月 9 日于香山）

好好活着

132 个生命

瞬间离开了我们

生命的无常

又在悲痛中送别

东航遇难者头七之际

我们仍不肯相信这场空难

白天

天空下起了瓢泼大雨

那是山河在呜咽

太阳和月亮都没有出现

它们已躲在云层后面悲泣

刮起的呼呼东北风

那是天空在哀悼

回来吧

我的同胞

回来吧

我的兄弟姐妹

不忍你们的离去

谁也无法接受这份沉痛的事实

愿世间再无灾难

愿悲剧不再发生

愿逝者安息

生者都要坚强

人身不易得

好好活着

今夜只为等你

回乡偶书

（全部以 ang 的押韵字结尾的民歌体）

万物并秀夏日长

山川绿影入池塘

蚯蚓掘土到处忙

蝼蛄田间地头藏

蛙声一片也张扬

知了声声叫得狂

推门进屋是我娘

瓜果飘香扑鼻梁

拿块西瓜给我尝

甜甜滋味入心房

乡亲来到我身旁

问候之声暖洋洋

我家有位少年郎

饭后又在嚼槟榔

打声招呼上学堂

我随老妈去银行

取钱顺便买包糖

买包大米我来扛

干点这活汗直淌

娘拎油盐糖和酱

穿过大街走小巷

赶集人群乌泱泱

买卖吆喝直嚷嚷

夏天真是热难挡

赶紧回去避骄阳

一边走我把歌唱

回家过桥向河望

比翼鸟儿在游荡

两对正在河中央

不羡神仙羡鸳鸯

水里嬉戏浪里凉

家乡河头变了样

一河两岸好风光

林荫栈道走四方

青山绿水绕山冈

晚年回归好向往

五谷丰登六畜旺

瓜果蔬菜蒜葱姜

自给自足享安康

哭一场就好了

痛了

累了

哭一场就好了

孤独

无助

哭一场就好了

伤心

难过

哭一场就好了

内心深处若有无奈

谁也帮不了你

抱紧自己

哭一场就好了

哭过之后

瞬间释放所有伤悲

抬头远眺

再见又是艳阳天

哭也能治愈

成年人的世界

哭真的不是罪

生活再难

也能熬过

哭吧

哭吧

哭一场就好了

浪漫

当你的柔情

化作了声声呼唤

冷不丁从微信传来一声

"咻"

来一个字

"红"

便没了下文

我心深处

已是天下最唯美的浪漫

当

"咻"

的一声再次响起

我已从梦中惊醒

美梦

易碎

两只蝴蝶

两只蝴蝶

在盛夏里翩翩起舞

落在花间

已留下一片浓情蜜意

绽放的玫瑰啊

你是否已感知它抚摸的气息

你吹过它刚吹过的风

那也是爱的痕迹

这是一对忧伤的蝴蝶

在烈日下的花间卿卿我我

漫天飞舞

只因

留恋着这婆娑红尘

这是两只痴缠的蝴蝶

深情着每一朵花瓣

轻轻的一个吻

荡起一阵阵涟漪

便是一份馨香的记忆

这是两只一见钟情的蝴蝶

已被炽热的爱火点燃

短暂地在花间你侬我侬

看呐

哪有什么天长地久

两只蝴蝶已拍拍翅膀

头也不回地

各奔东西

在这浓情的七月

徒留悲伤的记忆

(2023 年 7 月 26 日《梅州日报》刊登)

面具

一层一层

剥下了道貌岸然的面具

人们啊

都被披着羊皮的狼给骗惨了

谁是帮凶

一起违心地不断演戏

当善良在虚伪面前一文不值

自欺欺人苟活时

一个累字怎能概括

心在微弱的灯光下千疮百孔

如今

鼓起一丝勇气

黑暗中点燃心头仅存的亮光

撕破了虚伪的面具

低下了高贵的头

以一副鄙视的眼神

抬起沉重的脚

狠狠踩碎了虚伪的面具

忘记噩梦重生吧

当冉冉的晨光升起

待阴影已消隔在云涛

心守这抹暖阳

在人海中静待花开

浅秋飘香

雨打残荷浅秋至

万物凋零待轮回

我试图以柔软的指尖

描绘一幅浅秋的画卷

暄气初消月正圆

桂花皎洁虾蟹肥

果实累累宣告着秋天的降临

秋风送爽已吹响了丰收的号角

五彩缤纷的瓜果

已香飘四野

飘落的黄叶

正浪漫地和夏日道别

田野传递着秋日的喜悦

看那金灿灿的稻穗笑弯了腰

到处一片金黄

那是浅秋最唯美的霓裳

若已把伤春悲秋拒之门外

从何感知季节的阵痛

眼里春夏秋冬皆美好

心中处处艳阳天

秋风扫落的一切别离

只为来年再相逢

酝酿着脱胎换骨的新生

四季交替

唯收获的秋季最值得期许

大地已奏响丰收的乐章

试问浅秋飘香的喜悦

谁能拒绝

微笑着离开

那天

我哭着

来到这个世界

人前

我努力活着

已微笑了大半辈子

人后

孤独的灵魂

心中独自垂泪

若累了

走时

是解脱

请让我在美梦中

微笑着离开

让小蛮腰作证

中秋刚过

天边最后一抹红霞

悄然落下帷幕

风送云来

如约与明月缠绵

夜色撩人

相聚的情侣们

纷纷在花城广场留恋

花前月下

一对甜蜜的恋人

偶遇卖花女郎

男主买了所有的玫瑰

让小蛮腰作证

献给了心爱的姑娘

在群星和月老共同见证下

珠江已泛起朵朵开心的浪花

笑看凡尘人间

痴心男女

纷纷陶醉在江边

赛龙舟

又到一年粽飘香

端午的龙舟

载着勇敢的水手

纷纷在烈日下起航

各地的直播

正推波助澜

点燃了夏日的激情四射

几人到上百人的阵容

跨上了大大小小的龙舟

豪气万千的健儿们

遍布江河湖泊

挥动双桨

扬起快乐的帆

在波涛中冲出

一条条水路

让雪白的浪花

都乐翻了天

赛事异彩纷呈

赛手各显神通

急速拐弯瞬间漂移的龙舟

开启了水上狂飙模式

令观众目瞪口呆

妥妥收割了全国网红美誉

广东的健儿

赛出的精气神

格外夺目炫酷

锣鼓喧天

群龙竞渡

乘风破浪千年

岸上的华夏儿女

震天的呐喊

响彻云霄

是炎黄子孙的世界宣言

此刻
热闹非凡的尘世间
忽然迎来了一阵过云雨
不知
是否天宫的屈子
流下了感动的泪水

叹葵花

花开总向日

一心向太阳

你始终用高傲挺拔的姿势

仰望着你心中爱的万丈光芒

爱得如此执着

任凭风吹雨打

云里雾里

始终守望着

你心中明天的太阳

爱是如此痴狂

当你心满意足

已爱意满怀

抱着沉甸甸的果实

开始低头沉默

思考着归处

终究

你都会纯粹而洒脱

舍下太阳的温暖

留给怀中的子子孙孙

继续着美好的轮回

爱是如此舍得

盛夏雨后阳光中

偶遇花城广场一片灿烂的葵园

驻足观之

仰首寻思

做个向日葵般温暖的女子可好

用绽放的微笑尽情拥抱太阳吧

心若向阳

何惧忧伤

夏雨

淅沥的雨声

吵醒了午休的我

瞬间淋湿了思绪

暴雨敲击着屋檐下的阳光棚

声响如鼓

窗外雨蒙蒙

一浪接一浪

狂风骤雨

恍如大自然正策马奔腾

后花园的小河边

雨打芭蕉

芭蕉叶正拼命地摇头

如泣如诉

宣泄着心中的不满

我躲在屋里不出门

隔帘听雨

任思绪飘舞

风雨再大

怎奈我何

只要撑起心中的伞

安守在家园

便是一片晴天

遇见

炙热的盛夏

红太阳与蓝天白云邂逅

似曾相识中初见

心潮的汹涌

正化作云卷云舒

在空中激情澎湃

遇见了梦中人儿么?

是否已怦然心动?

千里之外

幸福之门已经打开

相遇的缘分势不可挡

欢乐之心徒添悲怆

不变的太阳

万变的云朵

便是不可捉摸的未来

让人望而却步

心生彷徨

美好的感觉当用心珍藏

且让遇见充满着阳光

用爱心继续浇灌更多善良

美好的依恋值得期待

默契中携手神往

当未来可期

方能一路高歌欢唱

谁心中都有座天空之城

城里尽是美好的向往

美丽的城池

我的梦呀

遥不可及

我却在梦里张望

从此

蓝天下的白云飘着奢侈的烦恼

火红的太阳多了几许华丽的忧伤

（2023 年 7 月 26 日《梅州日报》刊登）

云朵

天空中的云朵

正以洁白身姿投影在凡间

飘啊飘

漫天飞舞

翻过了雪山

来到茫茫草原

骏马飞驰

马背上的骑手

刚从睡梦中醒来

来吧

带上我

且让我随风

靠在你坚实的肩膀

继续奔驰在辽阔的草原

草原的尽头

是否有我温柔的故乡

能否带我走向幸福的彼岸

驻守在甜蜜的心窝

蓝天载着白云

送来柔柔清风

能驱散天空片片忧伤和阴霾

蓝莲花

文友空谷幽兰

偶遇了蓝莲花

刚分享出圈

我就爱了喂

萌化的心

一瞬间

已化作一朵蓝莲花

在水一方

我让上善之水

许我盛世容颜

滋养出我高贵的灵魂

在水中央

我拼尽全力

换来一世繁华

我与水相依为命

绽放出我的美

我欲化身蓝色妖姬

做一朵

与众不同的蓝莲花

有水有我的地方

便是人间的一片美好

惊鸿一瞥

已足让人魂牵梦绕

WO……

蓝色妖姬切尔西

你若不爱真可惜

这梗

我喜欢

扎西德勒

感恩昨日的大雨

赐我们震撼的奇观

黄河之水

已浩浩荡荡

奔腾不息

正聚集在壶口

奏响了母亲河的

《命运交响曲》

激流拼命地撞击着岩石

如风在叫

似马在啸

那是黄河在咆哮

天地自然之音

正放声高歌着一曲曲

《黄河大合唱》

溅起的浪花

和夏日的阳光拥吻

一次又一次地

唤醒了壶口岸边的彩虹

"哇！彩虹！彩虹！"

"好美呀！好美呀！"

惊呼声声响起

此起彼伏

今日天公作美

两岸阳光灿烂

彩虹飞渡

一次又一次的

近距离遇见

那可是天空

馈赠给大地

七彩的哈达

唱起来哎
让我们欢唱一首
《扎西德勒》

我想……

又请来一束花儿

美丽如斯

我想

化作一朵花儿

赏心悦目地

绽放一世芳华

我想

独得一人宠

被捧在手心

请入家中

我想

只要

你看着我时

满眼都是喜欢

只要

爱是如此简单

如此纯粹

我已心满意足

尽管我的一生

只有短短的几天

至少活着时

被深深地爱过

一生

真的很短

能遇见

已经很美好

请善待花儿

一如我对花儿的深情

大暑遐想

大暑已悄然而至

烈日热情似火

尽情地拥抱着我们

我在酷热的时光里

来回穿梭

当季节的轮回

改变着容颜

惶恐过的心

慢慢趋于平静

待我

岁月的洗涤中

找一席净地

聚一群相似的灵魂

共守一方小院

你吹笛来

我作画

半山听雨观竹韵

你煮茶来

我吟诗

谈经论道品人生

你烧火来

我做饭

琴棋书画云做伴

品茗读书

种菜养花

共守日月星辰

与世无争乐逍遥

可好？

继续等

人海茫茫

转辗如梦

秋天的脚步又近了

我仿佛

已闻到桂花的芳香

白天开启了夜的黑

一杯香茗

一台电脑

陪我等待着

一个又一个明天

心怀梦想

一路向前

都说值得拥有

现实却会打脸

可我

还是愿意

永远相信

美好的事情

即将发生

星辰大海虽遥远

至少我还看得见

命运自有安排

该来的总会来

无需留

不属于你的

总会走远

宁缺毋滥

风继续吹

我继续等

那个遥远的未来

总有属于我的

人间值得

忆康桥

一别十载

今夜

回忆的小船

轻轻地驶向康桥

那年

随清华的老师

轻舟掠过

金柳飞扬的河畔

波光潋滟心情好

同学们的欢声笑语

一直萦绕在心头

我们曾站在船头

挥一挥手

刻意轮番摆拍

也未能带走

诗人笔下

《再别康桥》

的淡淡忧伤

我坐在船头

任由那诗意的缠绵

温柔的情愫

跟着那支长篙

在水草间荡漾沉浮

我作别云彩

随夕阳归去

静静地守着今夜的康桥

让心中的涟漪

随星辉斑斓的夜

在心中慢慢升腾

夏虫已沉默

待我悄悄入梦

让梦里的康桥

荡起色彩缤纷的浪花

化作天上美丽的彩虹

温存在记忆的心田

（癸卯年夏，作于香山，我别康桥十周年之际）

等一场秋风

厌倦了南方酷热的夏

突如其来的台风

虽能换来短暂的微凉

杀伤力太大

怎也无法让人喜欢

每年

总是盼星星

盼月亮

等着秋风降临

待那柔柔的风

早日吹开三千烦恼丝

和夏日的烦躁

月渐圆

正唤醒秋光的涟漪

我深深的眷恋

已埋在心田

快快许我明月清风

安然在花前月下

共享世间繁华

我正在

等一场秋风

吹散那心中的雾霾

待那

秋风起兮云飞扬

踏出家门

都能不由自主地

发出一声声感叹

哇！好凉爽！

那才是众生

一场恰到好处的欢喜

远离尘世的喧嚣

我静静地站在

时光的隧道口

祝福你

愿你天凉好个秋

哭丧人

哀乐响起

你瞬间哭成了泪人

水晶棺里躺着

仿佛都是你最亲最爱的人

你的哭腔哀哀怨怨

时而如泣如诉

时而山崩地裂

你早已哭得死去活来

感动得我

泪流满面

瞬间进入了角色

莫名地心疼起你

天天如此哭丧

身体如何受得了这份摧残

为了挑起生活的担子

你不得不奔波在

需要你的乡间人家

把自己

整日浸泡在

悲情的道场中

夏日里等风

酷热的夏日里

我总是在等风

风来了

我爱俯视着后花园

看密密的金叶女贞

叶子高频晃动

正欢天喜地

在风中载歌载舞

总会有些老去的黄叶

随即纷纷扬扬

绝尘而去

洒落一地的无奈

待雨过天晴

我仍爱站在三楼阳台

眺望充满诗意的蓝天

看那白云朵朵

让风鼓满了我的长裙

任由心事随裙摆飘逸

让风带着飞扬

夏日里

只等风来

还我一丝丝清凉

后记

等我……

时隔两年，继我的第一本散文、诗歌作品集《大漠微尘》出版以后，我的新书《今夜只为等你》终于和大家见面了。

首先，非常感恩小小说名家陈耀宗先生百忙之中抽空帮我写序。陈耀宗先生是我国新时期小小说开拓者之一，他是我最崇敬的大哥，不是亲哥却胜似亲哥的人。更是我的恩师，是从文路上一直鼓励及帮助我前行的老师。与大哥的遇见，实属奇缘。几年前，经梅州文学网的编辑阿凡老师介绍在网络上让我们联系上了。素未谋面，大哥就不断安排并推荐发表我的作品。后来，大哥携家人从广州来中山首聚，当大哥的夫人问起我的家人时，我们才知道大嫂竟然是我妈娘家的叔伯姐妹，我妈是大嫂的堂姐。我们竟然是失联了几十年的亲人。知道她父亲是谁后，我才想起小时候的我经常随妈妈回娘家时，总到她们家里吃饭。后来，我已离乡背井几十年，外公也已去世几十年，因此，很多外公家的亲戚也就失联了。无巧不成书，有缘总会再相聚。更巧的是，大哥有两位千金，竟然和我的两位闺女名字和前后顺序都相同。

耀宗大哥是为人耿直的性情中人。官场小说是他的主旋律，篇篇写得惟妙惟肖，出神入化。大哥可是："笔动时篇篇锦绣，墨走时字字珠玑。"他的文学造诣是我所难以逾越的高峰。如果偶尔看我的文章题目起得不好或情节写得不好，大哥会毫不客气给我来一句："俗不可耐！"大有一股恨铁不成钢的样子，然后才委婉地让我开动脑筋再想想，并让我重新修改。但凡如此，我从不生气，我倒觉得大哥对我的作品不满或生气时的样子太真实太可爱了。我会微笑着欣然接受批评并迅速展开自我批评，然后乖乖地修改，直到合情合理和满意为止。毛主席说过："人不能没有批评和自我批评，那样一个人就不能进步。"大哥偶尔对我的批评，那是真心对我好，希望我好。我今日之点滴进步，离不开大哥的批评指教和鼓励。我也希望自己一直做个努力进步的好孩子。

当我绞尽脑汁，实在想不出更好的题目或无从下手修正时，大哥会出手相救。大哥一经出手，都是画龙点睛之笔，总令我敬佩得五体投地，自愧不如。

我敬请大哥帮我的新书写序。才两天时间，大哥已经把两千字的序发给了我，如此神速，雷倒了我。大哥的序如行云流水，洋洋洒洒，妙笔生花，差点把我夸成一朵花，令我汗颜。我按捺住大哥对我的这番认可及鼓励，不敢飘起来。自知仍有诸多不足之处，尚需不断努力学习。大哥白天工作已够繁忙的，可想而知，肯定是帮我两晚熬夜而作，令我感动不已。遇见大哥，实乃三生有幸，值得一辈子感恩及珍惜。

当我把出新书的想法告诉我们广东省侨作协的张文峰会长时，我请他帮我的书名题字，他二话不说，当下午休时间即挥毫泼墨，帮我题字五幅，供我挑选。分明是五福临门。如此给力支持，令我感动又感恩。会长的散文及诗歌总是信手拈来，时而"兴酣落笔摇五岳，诗成笑傲凌沧洲"，时而"笔落惊风雨，诗成泣鬼神"，总是那么出神入化，我所望尘莫及。

新书之所以能较快出版，很大程度当归功于陈耀宗主席及张文峰会长的鞭策，有幸得到两位前辈关心和厚爱，时不时约稿，鼓励我在不同时节写应景题材的篇章投稿给他们。我岂敢偷懒？于是乎，篇篇拙作才油然而生，新书才能因此诞生。

写作之路，亦是修心修身之路。人生之旅，总是走在修行的路上。我寻思，云何降伏其心？多写写画画，沉下心并耐得住寂寞。享受这份孤独和寂寞，才能心如止水。白天，常常为工作为生活为家人，在外各种奔波忙碌着。只有夜晚才完全属于自己。当夜幕降临，待我抖落一身的疲惫，静坐灯下，独享着这份安然与宁静时，才能舒展开我慵懒的思绪，舞动我笔尖。

本书命名时，我想了三个名字，分别请耀宗大哥和张文峰会长把关，最终，"今夜只为等你"，均是我们三人不二之选。此书内容及书名的诞生都饱含着诸多神奇的缘分，似乎冥冥之中早已注定。

《诗经》有云："高山仰止，景行行止，虽不能至，然心向往之。"德高望重，博学多才，佳作不断，出书连连的张文峰会长及耀宗大哥一直是我学习的榜样及努力的方向。两位前辈更像我前行道上的两盏明灯，一直照亮着我的文学之路，带给我无尽的感恩和感动。

有一种成功，叫继续努力。文学之路遥远而辽阔，永无止境，我一直还在路上。我仍会继续努力出书作画的，还请大家多多指教。关爱我的亲友文友们，等我……